聖女は人間に絶望しました

～追放された聖女は過保護な銀の王に愛される～

✿グインデル
人間の住む世界では聖皇の位までのぼり詰めた司祭。サラが持つ人を癒す力を見初め、彼女を王都へ招く。慈悲深いように見える彼には裏があるようだがはたして……？
✿クルト
長身、銀髪の無愛想な魔族の男性。魔族の中ではかなり位の高い位置にいるようで、周囲から一目置かれている。無愛想ではあるが、サラにだけは初対面の時から気をかけるそぶりを見せる。
✿サラ
人を癒す不思議な力を持った少女。その噂を聞きつけた王都の司祭に聖女として迎えられるが、悪事を目撃して口封じのために魔族の国へ追放されてしまう。魔族の国では自分を知るものがいないことを幸いに、聖女ということを明かさず普通に生きることを選ぶ。
CHARACTERS
登場人物紹介

カレン
魔族の国「銀狼国」にやってきたサラを雇う食堂の女将。ウンディーネという種族であり、水を用いた魔法が得意。夫に一途で一本気の通った性格。
フレデリカ
「銀狼国」にやってきたサラと最初に友達になったサラと同世代の女性。ハーピーという種族で王都ツーリの門番を務めている。人懐っこい性格。
グラン・ド・ヴィユ
魔族の中でもトップレベルに位の高い魔侯爵。いつも仕立てのいいスーツに身を包んだ神経質そうな老人。クルトとは、なにやら関係があるようで……？
セシル
見た目は 10 歳くらいの魔族の男の子。立派な身なりをしており、かなり偉そうな物言いをする。サラとはひょんなことから知り合い、彼女に懐くようになる。

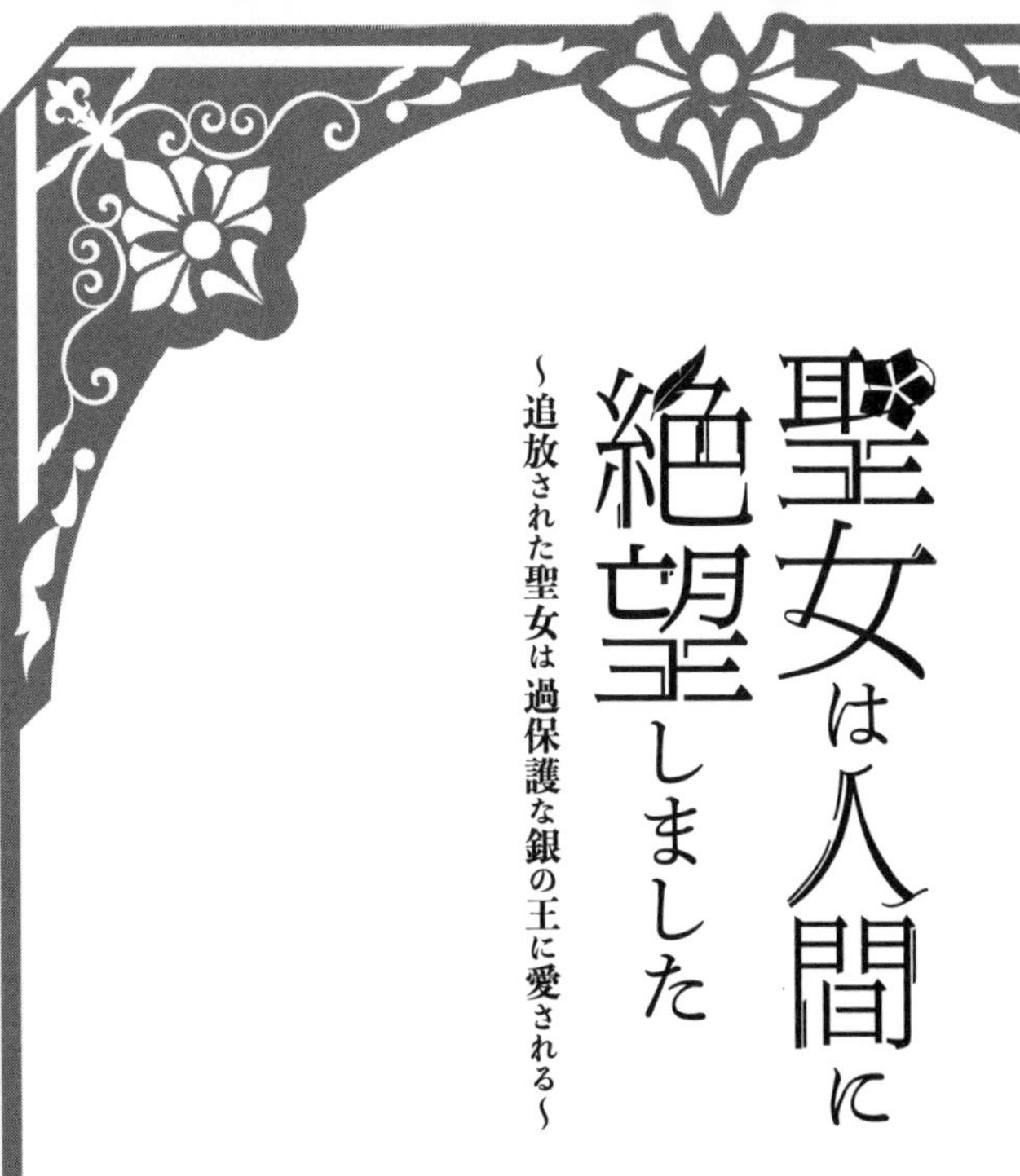

聖女は人間に絶望しました
～追放された聖女は過保護な銀の王に愛される～

プロローグ　6
第一章　裏切り　13
第二章　出会い　42
第三章　少年と仮面　96
第四章　謝肉祭　173
第五章　因縁の敵　209
第六章　最後の戦い　232
エピローグ　273

プロローグ

あの頃の私は、人を疑うことを知らなかった。

王都から遠く離れた長閑(のどか)な村で、母と二人倹(つま)しい暮らしをしていた。

父は私が生まれて間もなくに亡くなっており、暮らし向きは決して楽ではなかったが、村の人たちはそんな私たちに親切だった。

朝早くに起きて、母の手伝いをして、母の作るご飯を食べて、眠る日々。

当時の私にはそんな自覚なんてなかったけれど、きっとあの頃が人生の中で一番幸せだった。

母は優しい人だった。薬草に詳しく、行商人すらめったに来ない村では薬作りの名人として慕われていた。

母は事あるごとに、私に言って聞かせた。

「日頃の行いは、必ず自分に返ってくるんだよ。だから労を惜しまず誰かのために働いていれば、周りの人もサラのことを助けてくれるからね」

今にして思えば、母は己の死期を悟っていたのかもしれない。

だから一人残される我が子に、自給自足で生きる術(すべ)を教え込んだのだと思う。そして村の人々との協調を教え、私が一人になっても困らないように心を砕いていたのだろう。

そんな母も、私が十歳の冬に流行り病であっけなく死んでしまった。

その瞬間の記憶が、私にはない。

ただ気が付くと、母ではなく私自身がベッドで寝かされていた。

「お母さん？」

誰もいない部屋に、私の声が虚しく響いた。家の中はしんと静まり返っていて、自分以外の人の気配が感じられない。家のどこにいてもその音が聞こえてくるような小さな家なのに。

しばらくぼんやりとしていた私は、母の病気を思い出しはっとした。そしてベッドを降りようとして転んでしまった。

「痛たた……」

床に手をつくと、さらりと私の髪が視界をふさいだ。よくある焦げ茶色の髪は、なぜか漆黒に染まっていた。

私は驚いて悲鳴を上げた。

すると玄関のドアを開ける音がして、近所に住むエルマおばさんが部屋の中に飛び込んできた。

彼女は私を見ると、その目に同情と畏怖を浮かべた。そして私をベッドに戻すと、なにが起こったのかを説明してくれた。

彼女の話によれば、私の記憶が途切れたのと同時刻に、村中を真っ白い光が覆ったのだそうだ。

そしてその光が収まると、不思議なことに母と同じように流行り病に苦しんでいた病人たちが、ベッドから起き上がってきたのだと言う。

村は奇跡が起こったと大騒ぎになった。

そして心配して我が家を見に来てくれたエルマおばさんが、息絶えた母とそのベッドの傍らで目も髪も黒く染まった私を見つけたらしい。

後になって水鏡で見てみると、確かに母譲りの緑色の瞳も真っ黒に染まっていた。

そしてその日から、私は不思議な力が使えるようになった。

人の怪我や病を、手をかざすだけで癒すことのできる不思議な力だ。

その力は母の作る薬よりも早く、圧倒的だった。手をかざして怪我や病が治るよう祈れば、たちどころに患部が癒えてしまうのだ。

村の人々は、私の存在を奇跡と呼んだ。

流行り病だった人たちとその家族からは深く感謝されたけれど、彼らの目はもう村はずれのサラちゃんではなく、理解できない恐ろしいものとして私を見るようになった。

癒しの力が噂になると、その力にあやかろうと小さな村に少しずつ人がやってくるようになった。やってきた人たちも癒すと噂が噂を呼んで更に人が詰めかけ、私の故郷は長閑な村ではなくなってしまった。

人が集まることで村が潤うことに、村人は喜んだ。

人を癒すことで患者からもその家族からも感謝され、私は自分がしていることが正しいのだと思い込んだ。

人を癒すたびに、その家族の笑顔を見るたびに、なんでこの力がもっと早く目覚めなかったのだろうと思わない日はなかった。

この力で母を癒すことができれば、私はこんなにも孤独を感じることはなかっただろう。

そう、私は孤独だった。

「サラ様。今日は遠方の村から患者が来ています」

私の世話役になったエルマおばさんは、もう私をサラちゃんとは呼んでくれなくなった。

重い病気や怪我を癒すほどに、感謝されるけれど同時に周囲の人との距離も遠くなっていく気がした。

それでも、私はやってくる人たちを癒し続けた。誰かに、私や母のような思いをさせたくなかった。患者やその家族が喜ぶ姿を見て、私の心は癒された。患者の数はどんどん増えていったけれど、私はこの力を使って彼らを癒し続けた。

不思議なことに、癒しの力は尽きることがなかった。むしろ、使えば使うほどその力は強まっていくような気がした。

そんな生活が、一年ほど続いただろうか。

ある日突然、田舎の村に見たこともないような立派な馬車と、白銀の鎧(よろい)を纏(まと)った軍隊が大挙してやってきた。

馬車から下りてきたのは、白い法服を纏った壮年の男性だった。

当時まだ、司祭の一人にすぎなかったグインデルだ。

「お迎えに上がりました。聖女様」

グインデルは、私を初めて聖女と呼んだ人だった。

「聖女……?」

だが、私は聖女というものを知らなかった。それは村の人たちも同様だった。読み書きのできる人間がほとんどいないような田舎だ。伝説上の存在である聖女を知る人がいなかったのは仕方のないことだろう。

その日の晩、私はグインデルから聖女がどのようなものであるか説明を受けた。

かつて異界からやってきて、癒しの力で人々を救った聖女という存在がいたこと。その聖女を祀っているのがこの国の国教であるミミル聖教であり、グインデルはその司祭だということ。

ミミル聖教がどういうものかはまだよく分からなかったけれど、グインデルの引き連れてきた軍勢を見れば子供ながらにただならぬ相手であることは理解できた。

彼は、私を王都に連れて行くと言った。聖女としての務めを果たすべきだと。

けれど私は迷った。母と暮らした村を離れたくはなかったし、ここには私を必要としてくれる患者たちがまだまだたくさんいたからだ。

渋る私に、グインデルは言った。

「この国には、あなたのお力を必要としている者がまだまだたくさんおります。この地では救える者にも限りがありましょう。本当にそれが正義とお思いか？」

グインデルは私が子供だからと言って、言葉を飾るようなことはしなかった。

この国は広く、そこに暮らす全ての人を救うのは私の力でも不可能だ。それでも彼の言う通り、この小さな村に固執して遠くの人を見捨てるのは、正しいことではないような気がした。

母もきっと、私が母との思い出にしがみついて村に残るより、たくさんの人を助けた方が喜んでくれるに違いない。

私はグインデルと一緒に、王都へと向かう決意をした。

母の遺言通り、労を惜しまず誰かのために働くのだ。そしてもっとたくさんの人に笑顔になってもらいたい。

村人たちには引き留められた。癒しを求めて集まる人たちのために宿屋を開いた人や、お土産屋を始めた人もいた。

そんな人の中には、私を連れ去ろうとするグインデルに食って掛かる人もいた。といっても、彼の護衛をしていた神殿騎士たちによってすぐに押しとどめられていたのだけれど。

後ろ髪を引かれる思いが、なかったわけではない。ここには母との思い出がある。

けれど人々を助けたいという自分の想いに、逆らうことはできなかった。今は怒っている人たちも、きっといつか分かってくれる。
そう思い、私は生まれ育った村を後にした。
その日から、私は聖女として生きることになった。

第一章　裏切り

聖女としての生活は、思いのほか忙しい。

まずは夜明け前に起きて、沐浴をする。薄衣で冷たい水に入り、身を清めるのだ。

神殿にやってきたばかりの頃は、どうしてこんなことをしなければいけないのかと訳が分からず泣いた。

まだ十一歳の私。幼かったのだ。

今は、歯を噛み締めて我慢する術を知っている。

冬は心身が凍えそうなほどに冷たいけれど、七年も繰り返していると流石に慣れる。

側仕えの差し出す厚手の布で水気を拭き取り、それから一時間ほどが祈りの時間だ。

子供の頃は知らなかったのだが、私が暮らしている国はユーセウス聖教国と言い、ミミル聖教と呼ばれる宗教が国教として尊ばれていた。

ミミル聖教は近隣諸国でも信仰されていて、その宗主たる聖皇は一国の国王よりも強い権力を持つのだそうだ。

あの日私を迎えに来た軍隊のように思われた一軍は、ミミル聖教を護る神殿騎士によって構成されたものだった。なので厳密には軍隊ではないのだそうだ。

そうして私は、ミミル聖教の聖女となった。

祈りはミミル聖教の辿ってきた歴史をたどるものである。

その起源は、およそ二百年前にまで遡る。まだこの国がユーセウス王国と呼ばれていた頃、突如として聖女が現れたのだそうだ。

聖女は私と同じように黒い目に黒髪姿で、異世界からやってきたと証言したという。

彼女は私と同じように、人の怪我や病を癒す力を持っていた。それだけではなく、穢れを浄化し魔族を退けることができた。

魔族というのは、人を食べたり言葉巧みにだましたりする卑しい種族を言うらしい。私は見たことがないのだが、遠く海を隔てた大陸に暮らしているらしい。

二百年前の昔、その魔族が海を越えて人間の国に攻めこんできたのだ。そしてそれを救ったのが異世界から現れた聖女だった。

聖女はこの国で生き、そして死んだ。

前回の聖女と同じ力を持つ私を、ミミル聖教会は新たな聖女だと判断したのだという。

私は異世界などではなくこの国出身だけれど、そんなことは些事なのだそうだ。

「精が出るな」

ふと、祈りの間に私のものではない足音が響いた。

祈りの間は大理石でできていて、音を立てるとよく響く。

かけられた声はよく知った人物のそれだったので、私は驚いたりはしなかった。

ちょうど祈りが終わりかけていたので、私は最後の聖句を口にして顔を上げた。

そこに立っているのは、赤い枢機卿(すうききょう)の法衣に身を包んだグインデルだった。

出会った時は一司祭であったグインデルも、この七年の間に枢機卿になるまでに出世していた。

ちなみに枢機卿というのは、司祭の中から特別に選ばれた十人を言う。

この十人のうちの一人が、次代の聖皇となるのだ。

「グインデル様……」

私が呼びかけると、グインデルは日に焼けた気難しい顔を少しだけ緩(ゆる)めた。

彼が日に焼けているのは、他の枢機卿たちと違い頻繁に遠方に赴(おもむ)き講話や祝福を行っているからだと聞いた。

「いい心がけだ。サラのおかげで信徒たちは恙(つつが)なく心穏やかに暮らせよう」

グインデルは唯一、私のことをサラと昔の名前で呼ぶ。

その響きを聞くたびに、私は聖女という生き物ではなくただのサラなのだということを思い出す。

私は立ち上がると、目の前のグインデルを見つめた。

「聖皇ご即位が決まったと聞きました。お祝い申し上げます」

先日、聖皇が崩御(ほうぎょ)した。すぐに十人の枢機卿による合議が行われ、昨日次期聖皇はグインデルに決定したという報せが入った。

なので私は、グインデルに会ったらすぐにお祝いを言おうと決めていたのだ。

するとグインデルは、驚いたのか小さな目を瞬かせた。

「なんだ、知っていたのか。身に余る光栄だが、これで我が宿願も果たされよう」

グインデルの宿願というのは、排他的なミミル聖教の門戸を開き、もっと多くの人にミミル聖教の教えを授けたいというものだった。

詳しいことは分からなかったが、グインデルが精力的に取り組んでいる様子を見れば、なにか大切な仕事をしているということは分かる。

外に出ることができない私はその手伝いをすることはできないけれど、彼の望みが叶うのは純粋にいいことだと思っていた。

この神殿にやってくる信徒たちは、ミミル聖教のおかげでどれだけ自分たちが幸せになったかということを嬉しそうに語ってくれる。

誰かの役に立てるのは素晴らしいことだ。

祈りと献身によって彩られた日々は味気なくどこか虚しいけれど、癒しの力を使い人に感謝されると充足感を感じることができた。

「日頃の行いは、必ず自分に返ってくるんだよ。だから労を惜しまず誰かのために働いていれば、周りの人もサラのことを助けてくれるからね」

こうして人のために働くことこそが、きっと母の望んでいた生き方なのだ。それに村にいた頃よりももっとたくさんのことを癒すことができるようになり、私は満足していた。村を出るという決断をした自分が、間違っていなかったのだと思うことができたからだ。

たくさんの人を癒し、私はたくさんの人に感謝された。

一方で、ミミル聖教の後ろ暗い部分を知ることもあった。司祭や枢機卿の中には信徒から多額のお布施を要求する人もいて、グインデルはいつもそんな人たちに対して腹を立てていた。

だから彼が聖皇になれば、ミミル聖教はもっと良くなる。私はそう信じて疑わなかった。

それから半年後、グインデルの即位式が盛大に行われた。

普段礼拝が行われる礼拝堂にはたくさんの人が詰めかけ、窓の外をパタパタと白輝鳩が飛ぶ。

野生のそれではなく、神殿内で飼われている特別な白輝鳩だ。ミミル聖教において白輝鳩は神の言葉を伝える聖獣だとされている。

今日は特別な日なので、白輝鳩が空に放たれているのだ。逃げてしまわないのか不思議になってお付の人に聞いたら、躾(しつ)けてあるので大丈夫だという返事だ。

ちなみに普段、私は決して白輝鳩に近づかないように言われている。白輝鳩を見たのも、聖女としてのお披露目の日以来二回目だ。

理由はなぜだか分からない。でも神殿には他にもたくさんの決まりがあるので、この決まりを私が不思議に思うようなことはなかった。

礼拝堂に歓声が上がる。私は意識を引き戻された。グインデルを見る人々の顔は、喜びで彩られていた。これも今までの彼の活動のおかげだろう。

壇上に立ち人々の祝福を一身に集めるグインデルは、日に焼け深い皺(しわ)の刻まれた顔を今日ばかりはうっすらとほほ笑ませていた。

式は佳境に差し掛かり、重厚なパイプオルガンの曲が流れる。

私は聖皇の証(あかし)である黄金のミトラを手に、跪(ひざまず)くグインデルに近づいた。聖女がモチーフとなったステンドグラスから光が差し、グインデルの豪奢(ごうしゃ)な法衣を赤く染める。

私は髪の薄くなったグインデルの頭にミトラを授けた。

彼はゆっくりと立ち上がり、聖皇であることを示す聖杖(せいじょう)を手に両手を大きく掲げる。

歓声が大きくなり、礼拝堂に拍手の音で満ち溢れた。

私も詰めかけた人々と同じように、グインデルに惜しみない拍手を送った。

🐾 🐾 🐾

その日は、朝からあまり体調がよくなかった。

なのですぐにその旨(むね)を申告し、その日のお勤めは休むことになった。

聖女なのだから、癒しの力を自分に使えばいいと思われるかもしれないが、残念ながら私は自分の怪我や病気を癒すことができないのだ。

このことは、王都にある神殿に連れてこられてすぐに分かった。

慣れない長旅で疲れから寝付いてしまい、しばらく身動きが取れなかったからだ。

おかげで本当に聖女なのかと疑いをかけられ、もう少しで神殿から追い出されそうになったこともある。

なんでも、かつての聖女は自分の怪我すらも癒すことができたそうだ。

グインデルの訴えでどうにか追い出されるのは免れ、回復した私は無事聖女として認められたわけだが。

以来、神殿は私の体調に敏感だ。少しでも不調があると、休息と最高の治療が与えられるようになった。

自由のない生活ではあるけれど、衣食住が保障され医療まで与えてもらえるのだから、私は恵まれているのだろう。

人々を救うという使命を果たす毎日に、充足を感じてもいた。誰かに必要とされているという事実が、天涯孤独となった私の心を満たしていたのだ。

薬湯を飲んで眠りにつき、目が覚めたのは夜中だった。

交代の時間なのか、お付の人もいない。部屋の中は静かで、私は久しぶりに一人きりの時間を味わった。

そもそも朝起きてから寝るまで、常にお付の人がいることの方がおかしいのかもしれない。ふと、そんなことを思った。

小さな頃は気にならなかったが、最近では見張られているような気さえする――。

私は喉の渇きを覚え、部屋を出ることにした。

お付の人はいつ戻ってくるか分からなかったし、水を飲むだけならば問題ないだろうと判断したからだ。

正直に言うと、一人きりというこの貴重な時間を、早々に眠って浪費してしまうのは勿体(もったい)ないように思えた。

音が出ないよう、裸足(はだし)のまま寝台を抜け出し部屋を出る。

石の床はひんやりと冷たく、歩くとひたひたと足の裏にすいつくような感じがした。

廊下には誰もおらず、まるで世界中に自分以外誰一人いなくなってしまったかのように静まり返っていた。

明り取りの窓から、冷たい月光が差し込んでいる。

私は中庭にあるという、井戸を目指して歩いていた。

一度も行ったことのない場所だ。いけないと思いつつ、私は高揚していた。

その時、私の耳にばさばさと鳥が羽ばたくような音が聞こえた。不思議に思って見上げると、天井の明かり取りに白輝鳩が止まってこちらを見ていた。

普段近づいてはいけないと言われている相手だ。

私はぎくりとした。

まるで白輝鳩に見張られているような気がした。そんなはずはないのに。

でももしここで白輝鳩が騒いだりすれば、何事かと人が来てしまうだろう。

すると私は、お付の人なしで部屋を出たことと白輝鳩に遭遇したこと。二つの規則を破っていることになる。

最近では滅多にないことだけれど、ここに来たばかりの頃は規則を覚えきれなくて、何度も躾という名のお仕置きをされた。

狭い部屋に閉じ込められ眠ることすら許されず祈り続けるのは、子供心に辛く思い出したくない記憶だ。

先ほどまで感じていた高揚はしゅるしゅると音を立てて萎んでいき、私の中で葛藤が生まれた。

本当にこんなことをしていいのか。今すぐ部屋に戻って何もなかったことにするべきなのではないかと。

けれど、喉が渇いているのも本当だ。

一度それを自覚してしまうと、もう水を飲まないことには眠れそうになかった。

結果として私は、白輝鳩を無視して先に進むことにした。もしこの場を誰かに見られたとしても、白輝鳩に気づかなかったことにすればいい。

私は更に慎重に足を進めた。

そして明かり取りの窓の真下に来た時、恐れていたことが起きた。

白輝鳩が、私の目の前に舞い降りたのだ。

翼を広げ、まるで自分の存在を知らしめているかのようだった。

これではもう言い訳は効かない。今すぐ部屋に逃げ帰るべきだ。飼いならされた理性が警鐘を鳴らす。このことがばれたらどんな目に遭うか――。

けれど私は恐怖を感じる一方で、目の前の白輝鳩の美しさに見とれていた。

月光を浴びた白輝鳩は、まるでそれ自体が発光しているかのように白く輝いていた。

深い緑の瞳には、鳥類とは思えない知性が感じられた。そしてその色は、今は亡き母の目の色に似ていた。

『ココニ……イテハ……イケナイ』

途切れ途切れに、声が聞こえた。

聞き覚えのない声だ。慌てて周囲を見回したが、そこには誰の姿もない。

静まり返った廊下にあるのは、私と目の前の白輝鳩の姿のみだ。だが、白輝鳩が人の言葉を喋(しゃべ)るなんて聞いたことがない。

もしかして、魔族だろうか。

私の脳裏にそんな考えが浮かんだ。

魔族は、人間たちとは海を隔てた場所に住むという。時折こちらにやってきては、人を襲ったりするのだそうだ。

二百年前の聖女は、人の国に攻めてきた魔族を打ち払い、人の世界を守った。

以来大きな侵攻はないが、もしその時が来れば聖女は魔物と戦わなければいけないのだそうだ。

そのため、私が受ける座学には魔族について学ぶ時間も多くあった。

魔族の中には、人語を解したり他の生き物に化ける者もあるという。ならば目の前の白輝鳩が、そうではないと誰が言えるだろうか。

神殿で飼われている白輝鳩が魔族のはずがないと思いつつ、ばくばくと心臓が大きな音を立て、こめかみを汗が滑り落ちた。

私は聖女だが、できることは人の怪我や病気を癒すことだけだ。魔族を倒したことなど一度もないし、それどころか見たことすらないのだ。

今すぐ逃げ出したい気持ちになったが、背中を向けた途端に襲い掛かられるのではないかと思うと、それもできなかった。

何より、足が震えてまともに走ることができそうにない。

それからしばらくの間、私は息をひそめて白輝鳩を見つめていた。あちらもまた、まっすぐに私のことを見つめている。

いつまで経っても、白輝鳩が私に襲い掛かってくることはなかった。

むしろどこか憐れみすら含んだ目で私を見つめ、そして言った。今度は嘴口を動かしていたのだ。私はこの声が白輝鳩のものだと確信した。

『アナタ、ハ……ニゲテ……シアワセニ……』

その言葉があまりにも悲し気で、私は白輝鳩に感じていた恐れが弱まるのを感じた。

そして、気づけば問いかけていた。

「どうして？」

返事が返ってくるという確証はなかった。

だが、白輝鳩の言葉が無意味であるようには、どうしても思えなかった。

私の問いに答えようとしたのか、白輝鳩が嘴を開いたその刹那。

「助けて！」

遠くからかすかに、悲鳴と共に助けを求める声が聞こえた。

私がそちらに気を取られていると、白輝鳩は瞬く間に跳び上がり、入ってきた窓から飛び出して行ってしまった。

時間にすれば五分にも満たないだろう。

あまりにも現実感のない出来事に、取り残された私は茫然とした。

だがしかし、ずっとそうしていることはできなかった。

それは先ほど悲鳴がした方角から、今度は人の言い争うような声が聞こえてきたからだ。

静謐(せいひつ)を尊ぶ神殿内にあって、これは明らかに異常事態だった。

何が起きているかは分からないが、もしかしたら怪我人が出ているかもしれない。

私は先ほどの不思議な出来事を頭から振り払い、慌てて声のする方向へと向かった。

🐾 🐾 🐾

しばらく走って、私はすぐに裸足できたことを後悔した。石の床は冷たく、指先がかじかんでうまく走れなくなる。

それでも頑張って声のした方へ向かうと、たどり着いたのは私が立ち入ってはいけないと言われている区域だった。

かつて聖女が倒した魔王の体が安置されているという、地下に続く階段だ。

私はその場で立ち止まり、逡巡(しゅんじゅん)した。

この階段を下りたことがばれたら、おそらくお仕置きは免れない。たとえこの下に助けを求める人がいたとしても、それは変わらないだろう。

けれど、だからといって苦しんでいる人がいるのにそれを見過ごすことは、私にはできなかった。

そして階段の底から新たに聞こえてきた子供の泣き声が、私の背中を押した。

子供がいるならなおさら、見過ごすことなんてできない。

そして私は裸足のまま、地下へ続く階段を一歩一歩下り始めた。

神殿の通路と違い、地下へ続く階段は古くごつごつとした石でできている。掃除も頻繁ではないのかざらざらと劣化した石の感触がした。足の裏に痛みが走る。

一瞬靴を取りに戻ろうかと迷ったが、すぐにその考えを振り切った。

子供の泣き声は続いている。もしかしたら一刻を争う事態かもしれないのだ。

私は足の痛みを無視して、階段を駆け下りた。途中足の裏が切れて血が出たが、もう立ち止まったりはしなかった。

どれくらい下りたのだろう。かなり長い階段だ。

息が切れてきた頃、ようやく階段の終わりが見えた。

魔王の体が安置されているなんてどんなに恐ろしいところだろうと思っていたけれど、そこにあるのは土が踏み固められた床と、円形の広い部屋だけだった。壁には松明(たいまつ)が焚(た)かれ、ぼんやりとした明かりが灯(とも)っている。

禍々(まがまが)しい気配を感じて、私は急いで身を隠した。

よく見ると、部屋の真ん中に漆黒の門のようなものが立っている。魔物の彫刻が施された、禍々しい門だ。どこにもつながらないはずの門。なのに、開いた門の向こうには黒々とした闇が見えた。

まるでその門の向こうは、全く別の空間と繋がっているかのようだ。

本能で、あれはよくないものだと悟る。こんな危機感を抱いたことは、今まで一度もなかった。

あれが魔王の遺体となにか関係があるのだろうか。不思議に思っていると、再び子供の泣き声が聞こえた。

「やだー！」

「うるさい！　おとなしくこっちにこいっ」

声のした方を見ると、ボロボロの服を着た子供の手を、法衣を着た男が乱暴に引っ張っていた。

そして男はついに、その子供を門の中へと押し込んでしまった。子供の姿はねっとりとした闇の中に消えて、その泣き声もすぐに聞こえなくなってしまった。

それからどんなに待っても、子供がこちら側に戻ってくることはなかった。

暗くて見づらいのだが、部屋の中には粗末な服装をした人たちが何人もいるようだった。格好から見て、聖職者とは思えない。皆後ろ手に縛られ、俯いている。

そして何より驚きだったのが、その人々を監督しているのが普段生活を共にしている神官たちだったことだ。

彼らは泣き叫ぶ人々に対して有無（うむ）を言わさず、乱暴な手つきでどんどん門の中に人を押し込んでいった。

その門の先に何があるかは分からないが、その行為が人々のためにならないことは明らかだ。

「早く静かにさせろ」

そして奥の暗がりから、更に別の人物が姿を見せた。

私は思わず息を呑む。

その人物は、枢機卿であることを表す赤い法衣を身に纏っていた。ミミル聖教の中でも、十人しかいない枢機卿の内の一人。

確か彼は、聖皇となったグインデルの代わりに枢機卿になったばかりの男だ。

そして枢機卿は基本的に、前任者の推薦によって後任の人物が決まる。つまり彼は、グインデルが推薦した人物ということになる。

グインデルと親しい男だからと言って、彼が正しいことをするとは限らない。そして目の前の光景は、どう贔屓目に見ても人々のためになるようなこととは思えなかった。

きっとグインデルは、この男に騙されたのだ。

私の中に、俄かに怒りが湧きおこった。

グインデルはあれほど人々のことを考えているというのに、その後任たる枢機卿がどうして人を苦しめるようなことをするのか。

そして、今すぐにこの事態をグインデルに報せようと決意した。

私が今飛び出していったところで、男たちにかなうはずがない。更には、生半可な相手では枢機卿がいるこの場では丸め込まれてしまう可能性もある。

だから聖皇に即位したグインデルに来てもらって、彼らを取り押さえるのが一番だと考えた。

グインデルが現在のミミル聖教会の最高権力者だ。誰もその決定に逆らうことはできない。

私は音をたてないように気を付けつつ、急いで今下りてきた階段を上り始めた。背後から次に門に入れられようとする人の悲鳴が聞こえてくる。

どうしようもなく悲しい気持ちになりながら、私は必死にグインデルの私室へと向かった。

🐾 🐾 🐾

途中何度も神殿騎士に止められたけれど、私が聖女と知ると下手に手出しできないらしく、思ったよりすんなりとグインデルの私室までたどり着くことができた。

ノックをする時間も惜しく扉を開ける。

「グインデル！　大変なの」

すっかり寝静まっているのか、部屋の中は真っ暗だ。

「いけません！」

神殿騎士が叫ぶ。けれど私は止まらなかった。そのままずかずかと部屋の中に入り込む。

私の足の汚れのせいで、絨毯が汚れた。

天蓋のついた大きな寝台の中で、布団の下の塊が身じろぎをした。

「グインデルってば！」

慌てていたせいで、昔のような礼儀の欠片もない口調になった。

けれど彼も私の用件さえ知れば、そんなこと気にしないだろう。それほどの非常事態なのだから。身じろぎした寝台から、気だるそうな返事が返ってきた。だがその返事は、思ってもみないものだった。

「なあに？　騒がしい……」

それはグインデルとは似ても似つかない、艶やかな女性の声だった。私は呆気にとられ、足を止めた。

カチカチという音がして、ランプの蝋燭が灯される。

橙色の光に浮かび上がったのは、寝台から体を起こした妙齢の女性だった。彼女は眠たげに目をこすりながら、迷惑そうに私を見ていた。

「え……？」

私は頭が真っ白になってしまった。

ここはグインデルの部屋ではなかったのかもしれないとすら思った。

だってミミル聖教会の教義では、姦淫は禁止されている。

けれどその女性は、起き上がった上半身になにも身に着けていなかったし、今も恥ずかしげもなくその胸を晒している。

そしてその女性の隣で、見覚えのある日焼けた顔がむくりと起き上がった。

「何事だ一体？」

いらだたし気なかすれ声に、私は息を呑んだ。

それは間違いなく、グインデルの声だった。

「グインデル……ねえその人は誰？」

私はこの期に及んでもまだ、目の前の光景にはなにか理由があるのではと思おうとしていた。

いつも熱心に理想を語るグインデルが、誰よりも規律に厳しい彼がまさか、教義に背くはずがない。

「サラか？　どうしたんだ。こんな時間に」

彼は私の問いには答えず、来訪の理由を聞いてきた。

だがその言葉で、私は我に返った。

今はグインデルの教義違反を追及している場合ではない。地下での出来事をグインデルに報せねばならないのだ。

「そうだ！　大変なの。さっき地下室に行ったらたくさんの人がいて――」

私がそう言うと、部屋の中の空気が凍ったのが分かった。

「地下室に行ったのか？」

グインデルが言う。

確かに言いつけを破ったのは悪かったが、今はそれどころではないのだと分かってほしかった。

今にも、あそこにいた人々が門の向こうに送られてしまうかもしれない。

「ごめんなさい。だけど大変なの。真っ黒い門があって、神官たちがそこに無理やり市民の人たちをっ、子供まで……」

そこまで話したところで、私は思わず黙ってしまった。

寝台から抜け出してきたグインデルが、こちらに近づいてきたからだ。

彼は上半身裸で、腰にシーツを巻き付けていた。

かなりの歳のはずだがその体は鍛え上げられ、なぜか傷跡のようなものが沢山あった。

私は思わず後退る。けれどすぐに、それ以上後ろに下がれなくなってしまった。後ろにいた神殿騎士にぶつかったのだ。

「捕まえろ」

聞いたことがないような冷たい声で、グインデルが言った。

「で、ですが聖女様にそんな」

神殿騎士が動揺したように問い返した。その言葉を、グインデルが遮る。

「聞こえなかったのか?」

「は!」

すぐさま、私は神殿騎士たちに拘束された。

背中から二人がかりで羽交い絞めにされては、身動きすることすらできない。

「え……?」

頭が真っ白になって、なにか言おうと思うのにそれしか声が出なかった。

女性と床を共にしていたグインデル。地下で怪しい作業に従事していた枢機卿。その枢機卿はグインデルの後釜だということ。

後になって考えれば、グインデルが地下室の出来事に関わっているのは明白だったのかもしれない。

けれどその時の私は、どうしてもそのことが信じられなかった。

いや、信じたくなかったのかもしれない。

父親のいない私にとって彼は、ずっと父親代わりとも言える人だったのだ。

🐾 🐾 🐾

拘束された私は、そのまま先ほどの地下室へと連行された。

ガウンを纏ったグインデルと、神殿騎士二名。それに私が部屋の中に入っていくと、枢機卿をはじめ地下室にいた男たちはぎょっとしたように動きを止めた。

「どうしたのですかグインデル様？　このようなところへ……」

枢機卿が近づいてくると、あろうことかグインデルは枢機卿を殴った。まさか殴られるとは思っていなかったのだろう。枢機卿は目を見開いたままあお向けに倒れていった。

勿論私も驚いていた。グインデルが暴力をふるうところなど初めて見たからだ。ミミル聖教の教義でも、暴力は禁じられている。

「まったく。奴隷たちを見られおって」

忌々しそうにグインデルが呟いた。

奴隷という言葉の不穏な響きに、私はぎくりとした。教義どころか、奴隷はユーセウス聖教国の法律で厳しく禁じられている。

殴られた枢機卿が、頬を押さえながらゆっくりと立ち上がる。

「そ、それはどういうことで……？」

「その娘が、お前たちがおかしなことをしていると知らせに来た」

そう言うと、枢機卿は怯えたように私を一瞥し、叫んだ。

「まさかそのような！　人払いは完璧にしておりました。聖女様が起きてきたというならば、それは眠り薬の効きが悪かったのでしょう。私の不手際では……」

私はぞっとした。

枢機卿の話が正しければ、私は彼らの悪事に気づかないよう眠り薬を飲まされていたというのだ。

私の脳裏に、姿のなかった側仕えの顔が浮かんだ。

彼女たちに用意された食べ物や飲み物を、疑ったことは一度もない。それは言い換えれば、いつでも薬を盛ることができたということだ。

もはやどれだけの人が今日の出来事に関わっているのか、想像すらつかなかった。

グインデルは今やミミル聖教会の頂点だ。彼が白と言えば、黒いものだって白くなるだろう。

「言い訳など聞きたくない。お前たち、今日の分は終わったのか？」

見ると、部屋の中には神官と枢機卿以外誰もいなかった。

私がグインデルを呼びに行っている間に、ここにいた人たちは全員黒い門の向こう側に送られてしまったらしい。

「はい。ちょうど今終わりまして黒門を閉じようというところで」

漆黒の門は、黒門という名前であるらしい。

グインデルは少し考えるように黙り込んだ後、私の方を見た。

正しくは、私を押さえつけている神殿騎士を見たと言った方が正しいかもしれない。

「おい、そいつをここへ連れてこい」

グインデルが指さしたのは、黒門の真ん前だった。

後ろで神殿騎士たちが息を呑んだのが分かった。

「早くしろ」

「は！」

そうして私は、闇が広がる不思議な門の目の前に立たされた。

「サラ。今日ここで見たことは忘れるんだ」

グインデルの言葉に、私は耳を疑った。

「何を言っているの？」

「かしこくなれサラ。その口を閉じていれば、今まで通り何不自由のない生活が送れるんだ。でなければ、お前もこの門の向こう——人を喰う魔族の国に送ることもできるんだぞ？」

体に震えが走る。

グインデルは私を脅しているのだ。今日見た出来事をなかったことにしろと。それができなければ、残忍な魔族のいる門の向こうに送るぞと。

かつての聖女のように、魔族を退ける力なんて私にはない。もし魔族の国に送られたりしたら、まず間違いなく殺されてしまうだろう。

グインデルが拘束された私の顎を片手でつかむ。もし神殿騎士に腕を戒められていなければ、恐怖のあまり私はその場に座り込んでしまったことだろう。

だが、私はどうしてもグインデルの脅しに屈したくなかった。

今まで騙されていたという悔しさもあったし、門の向こうに送られた子供の悲鳴が耳に残っていて、どうしてもそれを良しとすることができなかった。

間近にあるグインデルの顔に、唾を吐きかける。

「嫌よ。絶対に嫌！　送りたいなら好きにすればいい。でも私はあなたの悪事を絶対に忘れない。きっと天罰が下るわ。こんなこと許されるはずがない！」

私の叫びが、暗い地下室に木霊(こだま)する。

グインデルは何事もなかったように袖口で顔を拭うと、突然大口を開けて笑い出した。

あまりにも大きな笑い声に、私をおさえている騎士たちの方が気圧(けお)されていたくらいだ。私はといえば、もう何が起きても驚けないほどの極限状態だった。

「分かった。望み通りにしてやろう。お前は魔族の国と繋がるこの門を使って、やつらの食用の奴隷を送っていた。魔族の力を得るために。そしてそれを儂(わし)に見とがめられ、自ら門に飛び込んだのだ」

そう言ったグインデルの目が、薄闇の中でほの青く光った。

いつも厳めしい顔が、どんな時よりも楽し気に残忍な笑みを浮かべる。

「グインデル、あなたまさか……」

いくら聖皇だからといっても、普通の人間の目が光ったりするはずがない。

ならば魔族の力を得たというのは、彼の事なのだろう。彼の言葉を信じるならば、さっきの人々は取引材料として魔物の餌にされたのだ。

私は耳にこびりついた子供の泣き声を思い出した。そして、門の向こうに連れて行かれてしまった人の悲鳴を。

「なんてひどいことを！」

叫んだのと同時に、涙があふれていた。

何の涙だろうか。

騙された悔しさだろうか。それとも裏切られた悲しさだろうか。色々な感情がない交ぜになって、胸の中で荒れ狂っていた。

そして更にひどいことに、グインデルは己の罪を私に押し付けようというのだ。おそらく私がいなくなった後に、信徒たちにそう説明するつもりなのだろう。間違っても、私が戻ってこないように。戻ってきても、誰も私の言葉を信じないようにと。

「ひどいと思うならば、お前が救ってやればいい」

グインデルは楽しそうに門の向こうを指さした。

「まだ生き残っている者がいるかもしれない。聖女ならば救うことくらい容易かろう」

わざと弄るように、グインデルが言う。

初代聖女と違い、私には魔物を退ける力なんてない。試したこともない。魔物なんて会ったことも見たこともないのだ。

そんな私が魔族の国に連れて行かれたところで、抵抗などできるはずがない。

絶望的な状況の中で、私はふと先ほどの白輝鳩の言葉を思い出していた。白輝鳩は私に逃げるようにと言っていた。

あの白輝鳩は、ミミル聖教会が裏で何をしているのか知っていたのかもしれない。

まさかそんなことがあるのだろうかと思いつつ、あの緑の目はこの状況を見通していたとしか思えないのだった。

白輝鳩は神の言葉を伝える聖獣。

神が私に逃げるようにと言っていたのだろうか。

考えに耽る私に、グインデルが言った。

「二百年ぶりの聖女がこんなことになるなんて残念だ。それでも、お前には感謝しているよ。お前を見つけた功績で、私は聖皇にまで成り上がれたのだから」

私が彼と一緒に王都に来たせいで、グインデルを増長させてしまったのか。そう思うと、悔しさと悲しさで頭がどうにかなりそうだった。

全てが正しいと思っていた。辛い修行も祈りの時間も、人々のためになれるならと我慢できた。だというのに、終わりの瞬間はこんなにもあっけない。

無慈悲にも、グインデルは私を取り押さえている神殿騎士たちに目で合図をした。

後ろから押され、目の前の闇が近づいてくる。

魔族の国とは、一体どんなところなのだろう。魔族とはどんな生き物なのだろう。

グインデルは先ほどの人たちを魔族の食用と言った。魔族は人を喰うのだ。

こんなことなら、私も母と一緒に流行り病で死ねばよかった。そうすれば、こんなに寂しい思いも怖い思いも、裏切られる悲しさも知らなくて済んだのに。

私が聖女として成したことは、間違った人を聖皇にしただけだった。

「お母さん……結局誰も助けてくれなかったよ……」

気が付けば、そう呟いていた。

人々のために働いても、いいことなんて何一つもなかった。私は全てに絶望していた。

そしてそのまま、真っ暗な闇の世界へと押し出されて行った。

第二章　出会い

気が付くと、私は地面の上に横たわっていた。

曇天（どんてん）の空から、粉雪が舞っていた。肌寒さに身を震わせる。

すると突然、冷たい風が遮られふわふわとした感触が肌をくすぐった。一体何が起きているのだろうと不思議に思って体を起こすと、私は銀色の雲にくるまれていた。

「天国……？」

私は死んで、雲の上にいるのだろうか。

一瞬本気でそう思った。

そうじゃないと分かったのは、視界を埋め尽くす雲が身震いしたからだ。手を這（は）わせると、そこには確かな体温があった。

信じがたいことだが、私は自分よりも巨大な体を持つ毛皮の持ち主にくるまれているらしい。

そのことを理解するのに、かなりの時間が必要だった。

その輝く毛皮は、今までに見たどんな毛皮よりも美しかった。

ふと、血の匂いがつんと鼻をつく。ずっと裸足でいたから足の裏から血が出ているのだろう。

『目覚めたか？』

聞き覚えのない声だ。低く優しい、耳に心地いい声音だった。

「誰？」

周囲を毛皮の壁で覆われているので、外の様子を窺い知ることができなかった。

声の主を探して周囲を見渡すと、毛皮の囲いがゆっくりと解けた。

どうやら私をくるんでいたのは白銀の巨大な尻尾だったようだ。

壁が割れて、湿った黒い鼻先が現れる。私の上半身ぐらいはある大きな鼻だ。そしてすぐ下の口からは、大きな牙がのぞいていた。

金色に輝く理知的な瞳と、ピンと立った三角耳。

私の視界を埋め尽くしていたのは、白銀色の巨大な狼だった。

空から舞い落ちる雪が、柔らかそうな毛皮の上に落ちては溶けている。

その時の私からは恐怖心が抜け落ちていた。そうでなければ、巨大な狼を目の前にして平静ではいられなかっただろう。

それはもしかしたら、目を細めた狼がほほ笑んだように感じられたからかもしれない。

雪の降る地面に体を横たえていた狼は、ゆっくりと体を伏せの姿勢に移行した。

そして言う。

『では行くとしよう』

私の中で、狼が姿勢を変えたこととその台詞が合致しなかった。

不思議に思って黙って狼を見上げていると、あちらも不思議そうにこちらを見下ろしてきた。

『早く乗れ。そのままでは寒いだろう』

初対面のはずの狼はなぜか、私を気遣うように言った。

目の前の狼はおそらく魔族だろう。グインデルはあの漆黒の門が魔族の国に繋がっていると言っていた。

ならばグインデルが取引をしたのは目の前の狼なのだろうか。

人を食べるために人間であるグインデルと取引した魔物。私を食べるのならばさっさとそうすればいいのに、どうして私にこんなことを言うのか。

分からないことばかりだ。

『じきに夜が来る。早くしろ』

急かされて、何も分からないままに狼の背に乗った。

その毛皮はなめらかでつるつると滑る。

『しっかり掴まっていろ』

そう言うと、狼は私を落とさないようにゆっくりと歩き出した。

狼の背中で揺られながら、どうしてその言葉に従ってしまったのだろうかと考える。目の前にいるのは明らかに魔族なのに、一緒に行動するなんて殺されに行くようなものだ。

けれど狼は、私が気を失っている間にいくらでもそうすることができたのに、それをしなかった。

どうせあの場に置いて行かれても、次にやってきた別の魔族に食べられて終わりだっただろう。

それにこの寒さの中では、狼の毛皮が持つぬくもりから離れがたかったというのもある。

狼は慎重に歩みを進め、夜になる頃には小さな洞窟にたどり着いた。

そして私を洞窟の入り口で私を下ろすと、驚いたことにその場に横倒しになった。

まるで大木が倒れたような轟音が木霊する。

「どうしたの⁉」

私は咄嗟にその毛皮に寄り添った。

乗っている時は分からなかったが、毛皮をかき分けると狼の体には切り裂かれたような大きな傷があった。最初から感じていた血の匂いの原因はこれだったのだ。

狼がここまで歩いてきた道を振り返ってみれば、目印のように赤い線がついていた。

こんなにひどい怪我なのに、どうして気づかなかったのだろう。

狼は態度に出さなかっただけで、最初からひどい怪我をしていたのだ。

洞窟の入り口で、私は立ち竦んだ。

動けない狼を置いて、この場から逃げ出すのは簡単だ。

けれどいくら相手が魔族でも、私を温めここまで運んでくれた相手を見捨てていいのかという思いが、胸の内に湧き起こった。

そして決心する。

この狼の怪我を癒そうと。

魔物の怪我を癒すなんてできるかどうか分からないけれど、やってもみないで諦めるのは違う気がする。

もしこの狼が私を食べるつもりでここに連れてきたのだとしても、どうせもともと死ぬ運命だったのだ。

この美しい狼に食べられるのなら、死ぬのも悪くないかもしれないとそう思った。

どうせ私には、もう帰る場所なんてないのだ。

私はぱっくりと口を開けている狼の傷口の前に立った。

傷口からは湯気が立ち、降りやまない雪が狼からどんどん体温を奪っている。状況から言って、一刻の猶予もないように思われた。

血の匂いを辿って、別の魔物がやってくるかもしれない。

私はその傷に手をかざし、普段人々を癒している時のように祈った。

初代聖女は、魔物を退けるためにこの力を使ったという。果たして魔族である狼に癒しの力が効くのだろうかという不安はあった。

どうか狼を苦しめているこの傷が、癒えますように――。

すると掌(てのひら)から光が生まれ、狼の傷がゆっくりと塞(ふさ)がっていった。

けれどそれは本当にゆっくりで、傷が大きいのも相まってどうにも思うように癒えないのだった。

人を癒す時とは比べ物にならないような負荷がかかり、自分の中の力がどんどん奪われていくような心地がした。

それでも私は治療を続けた。意地になっていたのかもしれない。

自分でも分からないけれど、なぜかどうしてもこの狼を死なせたくないと思ったのだ。

それからどれくらい時間が経っただろう。普段人を癒す時には五分もかからないのだけれど、狼の傷に向かい始めてから一時間は経っていたように思う。

最後の力を振り絞り、どうにか治療が終わった。

血で汚れた毛皮をかき分け、傷が治っているか確かめる。

そこには最初から傷などなかったかのように、健康な皮膚があった。ただその周辺の毛皮だけがちょっぴり剥げている。

こんなにきれいな毛皮なのに可哀相だ。

そう思ったのが最後で、私は狼の毛皮の上に倒れこんだ。

もう精も根も尽き果てて、はっきり言って限界だった。脂汗で髪がびっしょりと濡れているし、体にちっとも力が入らないのだ。

私は安らかな呼吸を取り戻した狼の体に手を這わせ、目を閉じた。

魔物の傷を癒すなんて、グインデルが言ったように私は魔女かもしれない。何となくそれが小気味よくて、私は満足して瞼（まぶた）を閉じた。


「……きろ！　……くれっ」

騒がしさで覚醒（かくせい）した。

瞼が鉛のように重い。こんな感覚は初めてだ。

けれど私に向かって、ずっと誰かが声をかけている。

「頼む！　目を覚ましてくれ！」

その声があまりにも必死だから、私は頑張って目を開けようとした。

時間をかけて、ゆっくりと瞼を開く。滲（にじ）んだ視界の向こうに、知らない男の人の顔があった。

私はぼんやりと相手の顔を見つめた。目鼻立ちの整ったとても美しい顔の男の人だ。男女問わず、こんなに美しい人は生まれて初めて見たかもしれない。

白銀の髪に、黄金に輝く瞳。まるで物語から抜け出してきたかのようだ。

私は驚いて体を起こそうとしたが、どう頑張っても動けなかった。せめて必死に私に呼びかけているその人に大丈夫だと伝えたいのに、口を開くことすら億劫（おっくう）だ。

どうやら私たちは洞窟の奥にいるようで、男の向こうにはごつごつとした岩の天井が広がっていた。

少し離れた場所で焚火(たきび)をしているらしく、パチパチと木が爆(は)ぜる音がする。入り口から入ってくる風で、火が揺れて壁に映る影も揺らめいた。

それにしても、私はどうしてここにいるのだろう。そしてこの人はどこの誰なのだろう。考えなければいけないことが沢山あるはずなのに、目覚めたばかりでどうにも頭が働かない。

「よかった……」

ぼんやりと考えに耽っていると、男の人は安堵(あんど)したように叫ぶのをやめた。

額にのせられた掌が、ひんやりと冷たい。

見るからに怪しい相手ではあるけれど、状況から見るに悪い人ではないのかもしれない。彼を人と定義していいかは難しいところだけれど。

それでも、母を亡くしてから私をこんなにも心配してくれる人は一人もいなかった。

だからだろうか。グインデルに裏切られたばかりだというのに、警戒心がうまく働かない。

「だ……れ？」

ようやく口から出たのは、小さなかすれ声だった。

彼はなんだか悲しそうな顔をして、私を見下ろしていた。

「後で説明するから、今はゆっくり休んでくれ。それより、喉が渇いていないか？」

そう言って、彼は水の入った革袋を取り出した。

自覚はなかったのだが、指摘されると猛烈に喉が渇いてきた。

頷くと、男は私の上半身を起こし、袋を口に当ててくれた。革の匂いに辟易しつつ、私はその水を飲んだ。

喉の渇きが癒えて一息つくと、再び猛烈な眠気が襲い掛かってくる。

うつらうつらしていると、男が少し笑って言った。

「眠って大丈夫だ。俺がずっと見ているから」

知らない相手にそんなこと言われても安心できるはずがないのに、なぜか私はすんなりと眠りに落ちてしまった。


次に目が覚めた時、私は板張りの天井の下で寝かされていた。

目が覚めるたびに、全く違う場所にいる気がする。

窓から細い光が差し込んでいた。外から人の賑わいが聞こえる気がする。

一体ここはどこなのだろう。

途切れがちな記憶を繋ぎ合わせると、私は魔族の国に送られたはずだった。けれど送られた直後の記憶がない。

気が付いた時には、巨大な狼と行動を共にしていた。

そして最後の記憶は、見知らぬ男性と一緒にいた記憶だ。

彼は一体どこにいるのだろう。それとも、すべてが夢だったのだろうか。

ぼんやりとそんなことを考えていると、キィと耳障りな音がしてドアが開いた。

私は反射的にそちらを見る。

ドアを開けた人物は、大きな袋を抱えていた。その袋の向こうに、フードを目深にかぶった人物が立っている。

フードの中を見ようと目を凝らしていると、相手がこちらの様子に気づいたようだ。

驚いたことに、袋を放り出してこちらに駆け寄ってきた。

「起きたのか⁉」

フードが脱げて、記憶にある麗しい顔がこぼれ出た。彼は膝をついて私の顔を覗き込む。

その距離が近くて、落ち着かない気持ちになった。

「あな、たは？」

十分に休んだからか、前より力のある声が出たような気がする。それでもまだ体を起こすのは厳しそうだけれど。

「俺は……クルトだ。クルトと呼んでくれ」

名前を聞いても、やはり彼が誰なのか思い出すことはできなかった。洞窟で出会った時が初対面

だったように思う。

今まで、聖女なのだからあまり男性とは関わらないようにと言われて生きてきた。

癒しを求めてやってくる人の中には勿論男性もいたが、必要以上に関わることがないよう見張られていたのだ。

だから男性の知り合いはあまりいないし、いたとしてもほとんどは高齢の聖職者だ。

というわけで、彼が私の治療した相手の内の一人だったとしたら、私が覚えていないだけという可能性もある。

ただ、彼ほど特徴的な外見をしていたら、流石に覚えているような気がしなくもないが。

クルトは開けっぱなしだった扉を閉めると、荷物をあさって見覚えのある革袋を取り出した。飲み口の付いた水筒だ。

「起きられるか？」

水を飲むためにずりずりと布団から這い出そうとすると、クルトが前回と同じように体を起こすのを手伝ってくれた。

あまりこういった作業には慣れていないようで、彼はとても不安そうな顔で私を見ていた。

彼に対してあまり警戒心が湧かないのは、表情からも言葉からも痛いほど私への心配が感じ取れるからだと思う。

それに警戒したところで、今の私では抵抗しようにもどうしようもない。

水はやはり少し革臭かった。

だが、自覚はなかったがとても喉が渇いていたらしく、一度口をつけると水を飲むのが止まらなくなった。

すっかり革袋が軽くなるまで飲んでしまってから、我に返って口を離す。

「ごめんなさい。いっぱい飲んでしまって」

もしかしたら、貴重な水だったかもしれない。

そう思って尋ねると、クルトは驚いたような顔をしていた。

「気にするな。全部飲んでも大丈夫だ。喉が渇いているならまた持ってくる」

どうやら水場は近くにあるらしい。

てっきり魔族の国に来てしまったと思っていたのだが、やはりここは人間の街なのだろうか。

不思議に思っていると、クルトが気を利かせて窓を開けた。風が部屋の中に入ってきて、ふわりと頬を撫でる。

窓の外には空と、煉瓦造りの街並みが広がっていた。

高さから見て、多分私が今いるのは二階だろう。

明るくなった室内を見回すと、質素だが明らかに人が作ったような机と椅子が並び、戸棚が据え付けられていた。

どう考えても、魔族の国の光景とは思えない。

「ここは……人間の街なのですか？」

尋ねると、クルトは少し苦い顔をした。

「……お前たちの言葉を借りるなら、ここは魔族の国だ。だが正式な名は銀狼国と言う。住んでいる種族は人を含め亜種も魔族もいる。人間ばかりのユーセウス聖教国とは異なる」

私は呆気にとられた。

私の知識の中で、国というのは人間が集まって作るものだった。

けれどクルトの話によれば、人以外の種族が集まってできている国もあるらしい。

魔族の国はとても野蛮で危険な場所というイメージだったけれど、窓からの眺めとこの部屋の様子を見ると、それは違うのかもしれないという気になった。

だが、グインデルが魔族と取引をしていたのは事実だ。

それも、己が力を得る代償として食用の人間を魔族に差し出していた。

ならば取引相手の魔族がこの国のどこかにいるのだろうか。洞窟で目覚める前に見た、巨大な狼。

あの狼こそが、グインデルの取引相手だったのだろうか。

「なにがあったのか、聞いてもいいですか？」

とにかく、状況を把握しなければ。

自分に何があったのか。クルトは一体誰で、私といつどこで出会い、なぜこんな風に世話をしてくれているのか。

知りたいことはいくらでもあった。

けれどクルトが口を開いたその時、私のお腹が大音量で空腹を訴えてきた。

クルトにも聞こえたらしく、目を丸くしている。私は余りの恥ずかしさに、お腹を押さえて俯いた。

くすくす笑いが聞こえ、クルトが軽く咳払いをした。

「無理もない。三日も寝ていたんだ。食事を用意するから待っていろ。話はあとでいくらでもしてやる」

そう言って、クルトは颯爽と部屋を出て行った。

私は恥ずかしさに懊悩しつつ、クルトが食べ物を持ってきてくれるのを待った。

🐾 🐾 🐾

クルトが運んできてくれたのは、穀物をたくさんの水で柔らかく煮たものだった。おかゆというらしい。

それと一緒に、水差しとコップも持ってきてくれた。

ユーセウス聖教国ではパンが主食なので、初めて食べる味だ。

最初は大丈夫だろうかと不安に思ったが、空腹だったのもあって思い切って口に入れるととても優しい味がした。

自覚はないが三日眠っていたというのは本当らしく、すべて食べきるまでに随分と時間がかかってしまった。

クルトはとても嬉しそうな顔で、そんな私のことを飽きることなく眺めていた。

人に見られるのは慣れているが、彼がどうしてこんなに私のことで一喜一憂するのかは、分からないままだ。

食事の後、いよいよこれまでのことを説明してもらうことになった。

「それで、どこまで覚えてるんだ？」

クルトの質問に、私は少し考えた。

まだクルトがどういう立場の人間か分からない。少なくとも、自分が聖女であることや神殿の地下での出来事は、不用意に話さない方がいいだろうと判断した。

私は記憶喪失を装うことにした。

過去に、記憶喪失になった人が癒しを求めてやってきたことがある。結局私の力ではその人を治すことはできなかったのだが、どんな症状だったかということは覚えている。その真似をすればいいだろう。

「ええと……ごめんなさい。洞窟であなたに起こされたことは覚えているのだけれど……」

「それ以前のことは何も覚えていないのか？」

クルトの反応はあっさりしていた。私の身元の手がかりがないというのに、特に残念そうでもなく淡々としている。

「あなたは私の知り合いだったの？」

やはり私のことを知っているのだろうか。

不自然にならないよう気を付けつつ探りを入れてみる。

「いや……どうだろう。知り合いと言えば知り合いだが、きっと君は知らないだろう」

返ってきたのは、首を傾げたくなるような言葉だった。

「私が知らなかったら、知り合いではないと思うけれど」

お互いに知っていて初めて、知り合いになると思うのだが。

それはそれとして、クルトの言葉を信じるとすれば彼は私を知っていたということだ。

ならば聖女だったことも知っているのだろうか。出会っていたとしたらどこで？

疑問が頭の中をぐるぐる回る。

「君は多分忘れていたと思う。別れたのはずっと昔のことだから」

また不思議なことを言う。

別れたということは、長いこと一緒にいてそれから離れたということなのだろうか。

少なくとも私の故郷の村に、こんな身体的特徴を持つ男の人はいなかった。七年前で多少外見が変わったとしても、髪の色や目の色まで変わったりはしないだろう。

もっとも、私はそのどちらも変わってしまっているのだが。

「では、子供の頃に？」

そう尋ねると、クルトは答えず曖昧に笑った。

なんとなく、それ以上尋ねることができなくなってしまった。

「クルトさんはどうしてあの洞窟にいたのですか？」

おそらく、あの洞窟は気を失う前に狼が連れて行ってくれた洞窟だと思う。

けれど私が洞窟に行った時、人の気配はなかった。短い洞窟だったから、火を焚いていたらさすがに気づいたはずだ。

クルトはあの狼を知っているのだろうか。怪我を負っていた狼がどうなったのか気になるが、記憶喪失ということにしてしまったので聞くこともできずもどかしかった。

「森に入って、君が倒れているのが見えた。近くに洞窟があったから中に入って、朝になってからここまで運んできたんだ」

クルトは私を見つけて助けてくれたという。あんな森の奥から街まで私を連れてくるなんて、さぞ大変だっただろう。

地理が分からないので一概には言えないが、安全とは言い難い森を人一人抱えてどうやって抜けたのだろうか。

それに、気になることはそれだけではない。

「それは……どうもありがとうございます。どうしてそんなによくしてくださるのですか？」

先ほどからずっと、不思議に思っていたことだった。

故郷の森でも、稀に人が行方不明になることがあった。

私は母に、森で怪我をして動けなくなっている人がいたら、自分でどうにかしようとせず必ず大人に報せるようにと言われていた。

森は危険で、誰かを助けようとして共倒れになることも勿論あるし、動けなくなっている人が実は悪い人で、隙を見て私をさらっていくこともあると言われていたのだ。

実際に、森から帰ってこない人が数年に一人は必ずいて、村では一定の期間を過ぎるとみんな死んだものとして扱っていた。

つまり何が言いたいかと言うと、クルトのしたことがあまりにも善良すぎるということだ。それとも私が起きた後に、なにがしかの見返りを期待しているのだろうか。あるいは、銀狼国の常識では助けるのが当たり前なのだろうか。

「それは……そうしたいと思ったからだ」

クルトは事も無げに言うと、すぐに話題を変えてしまった。なので結局、私の疑問は解けないままだった。

「それはそうと、覚えていないのなら帰るところもないのだろう？」

突然の問いに、私はゆっくりと頷いた。

たとえ記憶があったとしても、帰れる場所などない。

その事実が、私に重くのしかかってくる。

だがそんな鬱屈を抱える私に、クルトはあっけらかんと言い放った。

「ならここで暮らせばいい」

あまりにも突然の申し出に、私は唖然としてしまった。

「え？　ちょっと待ってください。そんな急に」

「でも行くところがないのだろう？」

確かに、もう今まで住んでいた神殿には帰れない。

今頃は、私が魔族と取引をしていたとグインデルが大々的に発表しているに違いない。そうしなければ、癒しを求めてくる人々に私の不在理由を説明できないからだ。

そしてそうなれば、私は祖国の人々にとって敵だと認識されるだろう。ユーセウス聖教国に入った途端に、拘束される危険性すらある。

今まで尽くしてきた人たちに、敵だと思われるのは辛かった。できることなら自分の無実とグインデルの悪行を知らしめたいが、今の私は余りにも無力だ。

それに、ミミル聖教会の裏の顔を知ってしまった以上、もうあの神殿には戻れない。

故郷の村に戻りたいという気持ちもない。あそこはもう、母と暮らしていた頃とは変わってしまったのだ。

つい先日まで聖女だと大切にされていたのに、離れてみるとそれほど寂しいとも思わない私は、薄情者なのかもしれない。

会いたい人も特にない。

思い返してみると、私はいつも遠巻きにされていた。親しい人間ができないようお付の人も頻繁に変わったし、その誰もが私と必要以上に親しくならないようにしていた気がする。

なにより、そのお付の人が私に薬を盛っていたのだ。たとえ眠り薬だったとしても、それを食事に混ぜられていたという失望は大きい。

結局は誰も、私を人間として扱ってはくれてはいなかったのだ。

聖女という、自分たちの思い通りにできる駒だとでも思っていたのだろう。

神殿にいる頃はそれが普通だったのに、今になって気づくのもおかしな話だが、私は孤独だった。

唯一身分の別なくしゃべれるのはグインデルだけだったけれど、結局彼にも裏切られていた。

そう思うと、改めて涙が溢(あふ)れた。

「ど、どうした？　どこか痛いのか？」

クルトが心配して声を上げる。

彼にこれ以上心配を掛けてはいけないと思い、私は涙を拭(ぬぐ)った。

くじけてばかりはいられない。運よく命は助かったのだから、これからは自分の好きに生きてみよう。

これからは自分の足で立って、私のことを誰も知らないこの土地で生きていくのだ。そういう意味では、クルトが私を救ってくれたのは幸運だったと思う。

「大丈夫です。可能であれば、ここで働かせてください」

勢いよく言うと、クルトが気圧されたように言葉に詰まった。

「別に無理に働かなくても……」

善良な上に随分と裕福なのか、クルトはそんなことを言う。

「いいえ。命を救っていただいた上、帰る場所もないのにお世話になり続けるわけにはいきません。でしたら他の場所で働いて恩返しを――」

「いいや！　ならここにいてくれ。仕事ならいくらでも紹介する」

クルトは私の言葉を遮ると、鼻息も荒く請け負った。

改めて、この人はどういう人なのだろうと不思議に思う。

だが、その申し出がありがたいのは事実だ。

「ありがとうございます。お世話になります」

ベッドの上から頭を下げた。

もう私は聖女ではないのだ。これからはただのサラとして生きて行くのだ。

サラを見つけた時、心臓が止まるかと思った。

深い森の中で、今にも死にそうになっていたサラ。さらさらとした黒い髪と、瞼の内に眠る漆黒の瞳。

俺はそれを知っていた。

そして、もう二度と見ることはないと思っていた。

堪らなく胸が痛くなって、凍っていた心が溶けだしたかのように愛しさが溢れた。

今すぐに彼女を閉じ込めて、誰にも傷つけられないように守りたい。そんな衝動に必死に抗った。

俺は自分に言い聞かせた。

――彼女とサラは別人だ。

だから、こんな思いを抱くのはサラにも彼女にも失礼だ。

それでも、己の猛る血を抑えることはできなかった。俺はサラの体を背負い、街へと向かった。

🐾
🐾
🐾

クルトに仕事の紹介をお願いしたはいいが、私はそれから二週間ほど寝たきりの生活が続いた。

別に怪我をしたわけでも病気をしたわけでもないのに、例の巨大な狼を癒したことで思いの外力を消耗していたらしい。

聖女だった頃は毎日やってくる信徒たちを次々癒してもこんなことはなかったので、自分の力は有限だったのだと初めて知った。

一体あの狼は何者だったのだろう。

それは今も分からないままだ。

「サラー。悪いけどこっちに出てきてお皿片付けて」

「はーい」

井戸の近くでお皿を洗っていた私は、女将さんに呼ばれて店の中に入った。昼の混雑がひと段落ついたところなので、食堂の中は空席が目立つ。

あの日、私が寝かされていたのはこの食堂の二階だった。

そしてまだ床上げも済んでいない時に、女将であるカレンを紹介されたのだ。

その時に、私は自分をサラと呼んでほしいと話した。故郷で私をサラと呼ぶ人はいなかったから、

本当の名前で呼んでもらっても問題ないだろうと考えたのだ。

記憶がないのに不自然に思われるだろうかと危惧したが、クルトもカレンも、特に疑う様子もなく受け入れてくれた。

カレンはウンディーネという種族で、水を操ることができた。水色の髪に水色の肌。耳は魚のヒレみたいな不思議な形をしていて、人間以外の存在に会ったことがない私はとても驚かされた。

銀狼国でも、ウンディーネは珍しいらしい。基本的には海で暮らす種族なのだそうだ。クルトの言葉を借りるなら、カレンは変わり者なのだという。

カレンはクルトから、私の世話を依頼されたと言った。けれどそれでは申し訳ないので、なんとか恩を返すために今は毎日ここで働かせてもらっている。

最初の頃はグインデルの裏切りを思い出して辛い思いもしたが、毎日忙しく働いているとそんなことを考える暇もないのである意味都合がよかった。

ちなみにクルトとは、もうひと月ほど会っていない。

彼は忙しい仕事をしているらしく、最後に会った時にしばらくここには来られないと言っていた。

そう言った時の彼はとても悲しそうで、どうしてそんなにも私に良くしてくれるのか不思議だった。床上げが二週間かかったのも、医者はもう大丈夫と言ったのにクルトがかたくなにまだ寝ているべきだと言い張ったせいだ。

助けてもらっただけでも十分なのに、その後のことも気にかけてくれるなんて、なんて優しい人なのだろうか。

私はクルトやカレンに感謝しつつ、毎日を過ごしていた。

そしてこの銀狼国に来てから、あっという間にふた月が経過した。

この食堂は、カレンの料理がおいしいと評判でたくさんのお客さんが来る。

実際、彼女の料理はどれもとてもおいしかった。最初に食べさせてもらったおかゆも、彼女が作ったのだと聞いた。

空いた席に置かれたお皿を回収し、皿洗いをしていた井戸まで運ぶ。一度では足りず、何往復もする羽目になった。

食堂のテーブルには、オークや半獣人。コロボックルにドワーフなど、多種多様な種族の姿があった。

ここは銀狼国の王都でツーリという。

カレンの話では、色々な種族が集まるので王都は特に人が多いとのことだった。

ここの住人からすれば、むしろ人間しか住んでいない国の方が、不思議に見えることだろう。

グインデルは魔族の国と言っていたが、暮らしてみると異種族同士が暮らしているだけの普通の国だった。

とはいっても、神殿の奥で聖女として生きてきた私は世間知らずで、人間の常識すらろくに知らないのだけれど。

日常のことは母と暮らしていた時のことを思い出してなんとかなったが、それでも何度もカレンに迷惑をかけてしまった。

驚いたことに、この国には人間も住んでいるらしい。なので人間だからといって珍しがられるようなことはなかった。

「サラちゃん。今日もよく働くね」

声をかけてきたのは、街の門番をしているというハーピーのフレデリカだ。

門番は色々な人種の人と会うからか、フレデリカは特によく喋る相手の一人だ。ちなみにハーピーは鳥の特徴を持つ人型の種族で、基本的に女性しか生まれないらしい。

「ありがとうございます。フレデリカさん」

「フレデリカさんなんてよしてよ。羽根がかゆくなっちゃう」

フレデリカは余り敬称をつけられるのが好きではないようだ。年齢も同じくらいなので、よく話しかけてくれる。

私は誰に対してもさん付けするのが普通なので、こう言われると逆に困ってしまうのだ。

「そうですか？　ええと……フレデリカ」

「うん！　そう呼んで。今日は忙しくてさ〜、お昼が遅くなっちゃったの」

「そうなんですか」

「まいっちゃうよね。お腹ペコペコ」

どう答えていいかわからず、私は曖昧な笑みを浮かべた。

フレデリカはおしゃべりが好きなようで、私の返事を待たず仕事で大変だった話をし始める。

仕事に戻らなければと焦っていると、カレンに呼ばれた。

「サラ、料理運ぶのお願いできる？」

私はフレデリカに謝ってテーブルを後にすると、厨房へと向かった。

厨房に入ると、カレンが忙しそうに料理を作っていた。

「どれを運べばいいですか？」

出来上がった料理が見つからなかったので尋ねると、カレンは少し苦笑しながら言った。

「困ってそうだったから、つい声を掛けちゃった。余計なことならごめんなさいね。フレデリカは誰にでもなれなれしいから」

どうやら私が困っているのを見て、わざわざ呼び戻してくれたらしい。

料理で忙しそうにしているのにそこまで気を配れるのかと、思わず感心してしまう。

「い、いいえ。その、気を遣っていただいてありがとうございます」

「迷惑だったらちゃんと言わなきゃだめよ。サラは大人しいから」

カレンの言葉に、私は首を左右に振った。

確かに戸惑いこそあるが、フレデリカに話しかけられること自体は嫌ではないのだ。

最初に彼女に話しかけられた時には驚いたが、いつもにこやかに話しかけてくれるのは純粋に嬉しかった。

当たり前のことだが、この街では誰も私を聖女として見ない。ただの人間のサラとして扱ってくれる。

誰かに親し気にされるなんて、本当に何年ぶりの事だろうか。

私にはフレデリカの明るさも、そしてカレンの親切なところも、どちらもありがたかった。

それは二人が、私の過去など何も気にせずに付き合ってくれるからだ。

「そう？　ならよかった。サラは真面目過ぎるから、時々サボって友達とおしゃべりしてもいいのよ」

店主としてはあり得ない助言に、私は驚いた。

その時ちょうど料理ができたので、それを注文のあったテーブルに運んでいく。

テーブルにいたのは珍しく人間の二人組だった。本当にこの国には人間がいるのだと、思わずまじまじ見てしまった。

「なんだい、人間が珍しいかい？」

私の視線に気づいたのだろう。片方の男が話しかけてきた。どちらも四十代くらいで、旅装姿だ。

「あ、いいえ。その」

失礼なことをしてしまったと、私は慌てた。

「おや、よく見たらお嬢さんも人間じゃないか？」

「おいおい、こんな髪色の人間がいるかよ。ばばぁだってんならまだしも」

どうやら彼らは、私の髪色から人間ではないと判断したようだ。確かに、黒目黒髪の人間というのは珍しい。少なくとも、私は自分以外に同じ特徴を持つ人を知らない。

聖女だとばれては大変なので、私は彼らの誤解をそのままにしておいた。

否定せず苦笑していると、彼らは勝手に勘違いしてくれたようだ。

「それにしても、銀狼国でこんなうまい飯が食えるなんてな！」

昼間からビールを傾け、彼らはご機嫌だった。

何度目か分からない乾杯をし、おいしそうにビールを口から流し込む。

「お二人は、どちらからいらっしゃったんですか？」

思わずそう尋ねてしまったのは、旅人ならユーセウス聖教国のことをなにか知っているかもしれないと思ったからだ。

そしてその考えは、間違ってはいなかった。

「ああ、俺たちは行商をしていてね。今はユーセウス聖教国に行った帰りなんだ」

驚いたことに、この二人はユーセウス聖教国につい最近までいたらしい。思わず前のめりになりそうになるのを堪えて、不審に思われない程度に質問してみる。

「そうなんですか。ここからどれくらいかかるんですか？」

「そうだなぁ。陸路で十日。そこから船に乗って十日。港から陸に上がってそこから更に馬で二十日ってところか」

つまり神殿の地下にあったあの門は、四十日の距離を一瞬で行き来できる代物（しろもの）ということだ。

「それは大変でしたね。お疲れ様です」

私がねぎらいの声をかけると、彼らは気をよくしたのか愛想よく話を続けた。

「そんな苦労をしたってのに、肝心の聖女はいないときたもんだ」

その言葉に、どくんと心臓の音が大きくなった。

「全くだ。なんでも病気を治してくれるって話を聞いて、せっかくユーセウスくんだりまで出かけて行ったのによ」

「聖女……」

思わず呟くと、私が興味を持ったらしいと思ったのか、男が呂律（ろれつ）の怪しくなった口調で説明してくれた。

「そうとも。なんでも、どんな病気や怪我でも手をかざしただけでたちどころに治しちまうって話でよ。おらぁ昔から胸が悪いんで、商売ついでにそれを治してもらいに行ってきたんだ」

「ところがどっこい。やっとたどり着いたと思ったら、ミミル聖教の信者の、それも金持ちしか診られないときたもんだ。本当に目ん玉が飛び出るような喜捨（きしゃ）が必要なんだとよ。その上今はいないだって?」

話している間に興奮してきたのか、片方の男がジョッキを強くテーブルにたたきつける。

「聖職者が聞いてあきれるぜ。何が聖女様だ。きっととんでもねぇごうつくばばぁに違いねぇ」

「だっはっは！　ちげぇねぇ」

そう言って、二人はお腹を抱えて笑い出した。

私はショックで、茫然とその場に立ち尽くしてしまった。

確かに私が治してきた人たちは、みんなミミル聖教の信者たちだった。ユーセウス聖教国は殆どがミミル聖教の信者なので、そのことを疑問に思ったことはなかった。

けれどお金持ちしか診ていなかったなんて、そんなことは知らない。

患者とは、最低限のやり取りしかしてはいけないと決まっていた。

そして皆同じミミル聖教の法衣を纏って治療にやってくるから、相手がどんな身分であるかも分からなかったのだ。

でも、実際に治療を受けたくてはるばるやってきた人たちに、そんなことが関係あるだろうか。

私は村にいた時よりも多くの人を救えるというグインデルの言葉を信じて、故郷を出た。神殿に暮らし始めてからは実際に多くの人を癒してきたし、その人たちの喜ぶ顔を見ることこそが生きる目的だった。

それは、母を失った私が感じたような悲しみを、人々に感じてほしくなかったからだ。

医者も碌にいない村で治療も受けられずに死んだ母。だからこそ私は、治療に対価を要求しないミミル聖教会のやり方に共鳴していた。

だというのに、すべては見せかけだったのか。対価を要求しないと言いながら、喜捨を強要していたのでは意味がない。

結局私の力は、グインデルたちの欲望を満たすために利用されていたのだ。そのことをまざまざと思い知らされた。

私の中に強い怒りが湧いてくる。過去のことは忘れようと思っていたのに、多くの人を騙しているグインデルを許すことはできない。

そして同時に感じるのは無力感だ。他人のために頑張ったつもりでいても、結局それは間違った努力だったのかもしれない。

私は深く落ち込んで、二人のテーブルから離れようとした。

だがせめてもと思い、去り際に病気だと言っていた方の胸に手をかざし癒しの力を使った。

私の突然の行動に、男は驚いたようだ。

だが酔っていたので、私の手を撥ね除けたりはしなかった。それどころか、私の手首を掴んで言った。

「おっとその気かい？　なんならこの後一緒に宿屋に行くか？」

ここで働き始めてから、何度かこの手の誘いを受けている。

最初は訳が分からずついて行きそうになり、慌ててカレンに止められた。

そして彼女の説明で、男たちが私とミミル聖教の戒律を破るようなことをしたがっているのだと知った。

別にもう聖女ではないのだから戒律を破っても構わないのだが、見知らぬ男の人とそういうことをしたいとは思えなかった。

だから断るようにしているのだが、相手は大抵お酒に酔っているので話を聞いてくれないことも少なくない。

そう言うわけで、私はカレンの指示で裏方の仕事をしていることが多いのだ。

今日もお皿洗いをしていたのも、そういう理由があってのことだった。

「ごめんなさい。ゴミがついていたので払おうと思って」

「優しいねぇ。ベッドの上では俺が優しくしてやるからよ」

話が通じない。

私は迂闊な自分の行動を後悔した。

ここで働きだして分かったことだが、どうやら私は世間知らずらしく、よく間違いを犯す。

そのたびにカレンに助けてもらっているけれど、彼女には迷惑ばかりかけてしまって本当に申し訳ない。

私はカレンが気付く前に問題を解決しようと、男の手を振り払おうとした。

だが力が強くて離れないし、向かいに座っている男も楽しむように口笛を吹いていて止める気はないようだ。

そのまま連れて行かれそうになり、私は思わず男の顔を叩いてしまった。

音もしないような弱いものではあったのだけれど、そのせいで相手の男は激昂した。

「下手に出てりゃ調子に乗りやがって！」

そう言って、男は空いている方の手を振り上げた。

——殴られる！

私は反射的に目を閉じた。

しばらくそのまま、息を詰めていた。

だがいつまで経っても、予想していた衝撃がやってくることはなかった。

「なにをしている？」

声がしたことで、その場に別の人物が現れたことを知った。

おそるおそる目を開けると、私の手を掴む男の手首を、なぜかクルトがつかんでいた。

ひと月も会っていなかった相手が急に目の前に現れたので、私は混乱してしまった。なにがなんだか、訳が分からない。

クルトはそのまま男の手を捻り上げた。店の中に男の悲鳴が木霊する。

男の手が外れたので、解放された私はその場に尻もちをついた。

「大丈夫⁉」

カレンとフレデリカがやってきて、私を気遣ってくれる。

なにがなにやら分からなくて、私は茫然と目の前の光景を見つめていた。

なぜクルトがここにいるのだろう。まさかこんな風に再会することになるとは、夢にも思っていなかった。

「離せ！　離せよ！」

クルトの手から逃れようと、男がめちゃくちゃに暴れている。

だがそれを腕一本の力で制しているクルトは、微動だにしない。

「うぎゃーーーーー！」

男が絶叫した。

見ると、男の手があり得ない方向に曲がっていた。クルトが腕を折ったのだ。

すぐに治さなければと思ったけれど、足が震えてその場を動くことができなかった。

男に迫られたことが怖かったのか、それとも素知らぬ顔で人の腕を折ってしまうクルトが怖かったのか、私の感情は荒れ狂っていて自分でもそのどちらなのか判断がつかなかった。

「大丈夫だったか？」

騒ぐ男を尻目に、クルトがこちらに近づいてくる。

私を気遣って伸ばされた彼の手。

「やめて！」

私は思わず、その手を振り払ってしまった。

やってから、大変なことをしたと青くなる。彼は恩人なのにとか、助けてもらったのにとか、色々な考えが浮かんできて完全に混乱状態だった。

見上げたクルトの顔は、ひどく傷ついた顔をしていた。

その顔を見て、重い罪悪感が湧いてくる。

黙って向かい合う私たちを見かねて、カレンが手を叩いた。

「はいはい。店の中で騒がないで！　お客さん。先にうちの子に手を出したのはそっちですからね。憲兵には突き出さないであげるから、お連れさん連れてさっさと失せな」

「まったくだよ。この街でまた騒ぎを起こしたらとっちめてやる！」

カレンとフレデリカが言うと、腕が折れた男を連れて旅人は不服そうに店を出て行った。

客の少ない時間だが、大きな騒ぎになった店内は落ち着かない雰囲気になった。

カレンが私の背中をさすりながら、心配そうに言う。

「すぐに助けられなくて悪かったね。二階に行って少し休んでおいで」

申し訳なくて自分が情けなくて、口を開いたら涙が出そうだった。

こんなところで泣き出しては更に迷惑をかけてしまうと思い、私は大人しくカレンの好意に甘えることにした。

「あんたはしばらくサラについててあげて。忙しいっていったって、少しくらい時間は作れるだろ？　あんたたち二人とも、言葉が足りな過ぎる」

カレンは腰に手を当てて、クルトに尊大に命じた。

一瞬クルトと二人きりにされることに不安を感じたが、久しぶりに会うことができて嬉しい気持ちがあるのも本当だった。

なにより、私はまだ彼に助けてもらったお礼を言えていない。

クルトはしばらく黙り込んでいたが、カレンには勝てないと悟ったのかため息をついて彼女の言葉に従った。

🐾 🐾 🐾

クルトを連れて、私は部屋に戻った。

私に与えられた部屋は、目を覚ました時に寝かされていた部屋だ。

居候には広すぎる部屋なのでもっと狭いところでいいと言ったのだが、クルトが年間を通して借り切っている部屋なので好きにしていいと言われた。

よく見ると、クルトはマントの付いたやけに立派な服を着ていた。胸や腰の部分は甲冑（かっちゅう）になっているから、クルトはもしかしたら騎士なのかもしれない。

全身黒づくめなので、彼の白銀の髪がよく映える。

「どうぞ」

クルトの部屋なのに私が招き入れるのもおかしいような気がしたが、一応そう声をかけた。

彼はずっと黙りこくっているので、部屋の中には気まずい空気が流れていた。

手持ち無沙汰になり、とりあえず一つだけある椅子を出してクルトに座ってもらった。やはり彼は、何も言わない。

「あの、お茶淹れてきますね」

沈黙に耐えられなくなってそう言うと、クルトは左右に首を振った。

「いい。すぐに戻る」

どうやら、仕事が忙しいというのは本当らしい。

私は残念に思いながら、雑貨を入れている木箱に腰掛けた。

自分の言葉に残念そうな響きが混じっていることに、言ってしまってから気が付いた。

「お忙しいんですね……」

容易く旅人の腕を折ってしまったクルト。彼の強さや、何を考えているか分からないところは確かに恐ろしい。

けれど、だからと言って彼の事を嫌いにはなれなかった。

さっきも腕を折ったのは私を助けるためだった。出会った時から一貫して、クルトは私を助けようとする。

どうしてそんなに良くしてくれるのか、どんなに考えても分からないけれど。

「さっきは」

黙り込んでいたクルトが、不意に口を開いた。

「驚かせてすまなかった。怖かっただろう?」

クルトの口調は平坦だった。けれど私はなぜか、彼が傷ついているのが分かった。

「こわ――かったですけど、クルトさんのことは怖くありません。こんなに良くしてもらっていて、どう返したらいいか分からないくらいなのに……」

助けてくれて、住む場所も仕事も用意してもらって、もうどうしていいか分からないくらいにクルトには恩がある。

彼がいなければ、私はきっとあの森の中で死んでいた。

グインデルもそう考えたはずだ。だからこそ、私を生きたまま放り出した。

クルトだけでなく、あの巨大な狼も恩人――というか恩狼だ。

できるのならまた会ってお礼が言いたいが、カレンにそういう種族を知らないかと聞いても苦笑するばかりで教えてくれなかった。

やっぱりあれは、私の夢だったのかもしれない。

「礼なんていいんだ。むしろ、あんな目に遭わせるくらいならやっぱり働かなくても……」

「いいえ。働かせてください。最近少しだけ、役に立てるようになってきたんです。カレンさんにもお世話になっているので、ちゃんとお返ししたいです」

今日も迷惑をかけてしまったが、仕事での失敗は少しずつ少なくなっている。

「それに、私こんな風に働いたことなんてなかったから、楽しいんです」

「そ、そうか」

私の言葉に、クルトは目を丸くしていた。

ずっと、自由のない生活を送ってきた。

仲のいい人もおらず、母を亡くしてからずっと寂しかった。

神殿にいた頃は、それが分からなかったのだ。寂しさを堪えるために心を鈍化させて、自分が寂しいということにも気づけなかった。

グインデルのしたことは今でも許せないけれど、生きてここに来られたのは本当に幸運だったと思う。

地に足をつけて、働いて周りの人と関わり合って生きていく。

これこそがきっと、母の望んだ生き方なのだろう。

「私、ここに来られてよかったです。いろんな種族の人たちが仲良くしていて、私にも優しくしてくれて……銀狼国はいい国ですね」

ユーセウス聖教国にいた頃、私は魔物の国をとても恐ろしい場所だと思っていた。

神殿に連れてこられて初めて読んだ絵本には、魔物がいかに恐ろしいかということが描かれていたし、ミミル聖教の教えにも魔物の恐ろしさを伝えるものが多くあった。

けれど実際にやってきた銀狼国は、そんなところではなかった。

確かに恐ろしい風貌の人もいるけれど、話してみると意外に優しかったりする。

勿論そんな人ばかりではないと分かっているけれど、神殿の奥で暮らしていたらこんなことは死ぬまで分からなかった。

そんなことを考えていると、クルトがやけに優しい目で私を見ていることに気が付いた。その顔があまりにも綺麗で、どきりと心臓が大きな音を立てる。

「そう思ってもらえたのなら、よかった」

どうやら、私が銀狼国を褒めたのが嬉しかったらしい。

彼もまた、この国を愛しているのだろう。

「だが、魔族や亜種の中には気性の荒い連中もいる。あまり油断しない方がいい」

言葉を喋り魔法を使うのが魔族。魔法を使えない者を亜種という。そして魔法は使うが知能が低く喋れない者を魔物と呼ぶのだそうだ。ここにきて最初に教わったことの一つだ。

「でも、どうしてこんなに良くしてくださるんですか？」

私は今がチャンスだと思い、ずっと気になっていたことを聞いてみた。

一度ならず見ず知らずの私を助け、気にかけてくれる。

彼のしていることは、善意という言葉では片づけられない気がするのだ。それに彼は、記憶がないと言った私に自分は知り合いだと言った。

けれど私は、彼の事など知らない。ならば彼の言葉は嘘ということになる。だが記憶がない私に対して、そんな嘘をつく意味が分からない。

クルトは口の中で、私への返事を吟味している様子だった。

ドキドキしながら彼の返事を待っていると――その時だ。

窓をバンバンと叩くような音がした。何事かと思ってそちらを見ると、昼間なのに蝙蝠が窓に体当たりしていた。

このままでは蝙蝠が怪我をしてしまいそうだ。

私は慌てて窓に駆け寄り、鍵を開けた。

「まて！」

クルトが止めた時には、もう遅かった。

蝙蝠は羽根の付いた手で器用に窓を開け、中に入ってくるとポンと軽い音を立てて人間の姿になった。

私が唖然としていると、その人間はパタパタと落ち着き払った様子で服の埃を払っていた。

燕尾服を着こなした、老齢の紳士だ。左目にチェーンの付いたモノクルをかけている。

「全く。決議の最中に突然姿をお消しになったと思ったら、まさかこんなところにいらっしゃるとは」

老人は大きくため息をついた。髪も髭も灰色だが、その目は血のように赤い。

「じい」

クルトは老人のことをそう呼んだ。

どうやらこの老人は、クルトの知り合いらしい。

「早くお戻りになってください。目を通していただかねばならない書類が、まだまだ山のようにあるのです」

鎧を纏っているので騎士なのかと思っていたけれど、クルトは事務職らしい。それもこんな身なりのいい老人に傅（かしず）かれているのだから、きっと高い地位にいるのだろう。

私は少ない情報の中から、クルトに関する情報をできるだけ逃すまいと必死だった。

「そもそも、突然行方不明になったりするから仕事が溜まるのです。毎日きちんとしていれば、じいもこのようにぼっちゃまを追いかけまわさずに済みますのに」

「ぼっちゃまはやめろと言ったはずだ」

驚いた。

老人はクルトをぼっちゃまと呼んでいるようだ。

クルトの見た目は、立派な成人男性である。私の常識では、坊ちゃまと言われるような年齢には見えない。

そして彼は、決定的な言葉を言い放った。

「やめてほしいのならこのようなことはせず、じいを安心させてくださいませ。あなた様はこの国の王であらせられるというのに、何度人間の女にうつつを抜かして城を抜け出せば気が済むのですか」

「じい！」

私は、今聞いた言葉が信じられなかった。

銀狼国の身分制度がユーセウス聖教国と同じであるならば、クルトはその王――つまりこの銀狼国の最高権力者だということになる。

しかもクルトは、人間の女性のために何度も城を抜け出しているらしい。

クルトは、人間の女性が特別に好きな魔族なのだろうか。

胸が痛んだのはきっと、過去に出会ったその女性たちにも、同じように優しくしていたのだろうなと思ったからだ。

私にそんな資格なんてないはずなのに、胸がずきりと痛んだ。

クルトが黙り込むと、部屋の中にぴんと張り詰めたような空気が満ちた。

「もういい。黙れ」

それはまるで、地獄の底から響いてくるような声だった。

私は一瞬、それがクルトの声だと分からなかった。クルトを見ると、彼の口からは牙が覗き、その目は怪しく輝いていた。

それと向かい合う老人は、泰然としているように見えるが顔からはとめどなく脂汗を流している。

私には感じられないが、クルトが何らかの力で老人に圧力をかけているのだろうと感じた。

「大丈夫ですか⁉」

私は老人に駆け寄った。

クルトの怒りを買うかもしれないということは分かっていたが、苦しむ老人を放ってはおけなかった。聖女をしていた反動かもしれない。

老人がその場に膝をつく。私は彼に駆け寄り、手巾（しゅきん）を取り出して彼の額に流れていた脂汗を拭う。

彼はひどく疲れたような顔で私を見た。

だが、その目は忌々し気に私を睨みつけている。彼が私をよく思っていないのは、先ほどの会話からも明らかだ。

けれどそれでも、怒りに任せ老人を害そうとするクルトの行動が正しいとは思えなかった。

「サラ……」

クルトが呟く。

私は彼を振り返って、言った。

「私はこんなことが言える立場ではないのかもしれません。それでも、あなたの大切な人にひどいことをしないでください」

確かに、老人の言葉に驚いたのは本当だ。

クルトの態度からして、私に自分が王であることを知られたくなかったであろうことも分かっている。

彼がどうして、知られたくなかったのかは分からない。王である彼が、どうしてあの森に一人でいて、私を救ってくれたのかということも。

けれどそんな理屈を考えるよりも前に、体が動いていた。

先ほどの会話から言って、クルトは老人に心を許しているように感じられたからだ。きっと老人が言うように、とても古い付き合いなのだろう。

そんな相手を苦しめることを、クルトにはしてほしくなかった。

それは巡り巡って、クルト自身を傷つけることのような気がしたから。

私は老人が立ちあがるのを手伝おうと手を差し出したが、彼はそれを無視して自力で立ち上がる。

「そんなことをしても、私はあなたを認めたりはしませんよ」

どうやら私は余程嫌われているらしい。というより、彼はクルトの仕事を邪魔するもの全てを疎んでいるのだろう。

そして彼は、クルトがいなくなった要因が私だと考えているのだ。

「黙れ」

クルトが再び、鋭い声をあげた。

老人は鼻を鳴らすと、目の前で蝙蝠の姿になった。

『先に戻っていますからね。お早くお戻りください』

そう言うが早いか、蝙蝠は入ってきた窓から素早く飛んで行ってしまった。

人間の中にそんな魔法を使う人はいないので、不思議に思って見ていると、背後から声がかかった。

「サラ」

名前を呼ばれて、振り返る。

そこに立つクルトは、もう牙も出ていないしいつもの彼だった。

ただ悲しそうな目で、私のことを見ている。

そして俯くと、呻（うめ）くように言った。

「黙っていてすまない。俺はこの国の王なんだ」

どうして彼がそんなにも辛そうなのか、私には分からなかった。確かに驚いたけれど、彼が王だからと言って私を助けてくれたという事実が変わるわけではない。

「ええ。ですが私にとっては、やっぱり恩人のクルトさんです。ええと、こんなことを言ったら不敬罪になりますか？」

銀狼国の法律はまだよく分からない。

少なくともユーセウス聖教国では、一般市民が国王に対して直接言葉を交わすなんて、それだけで不敬だとされていた。

もっとも、ユーセウス聖教国の王とミミル聖教会の関係はあまり友好的とは言い難く、ミミル聖教会の人間の中には国王を軽んじる者もいたのだが、これは特殊な例だろう。

クルトはゆっくりと首を左右に振ると、少しだけ笑った。

「いいや。サラを不敬だなんて思わない」

「よかったです」

私は安堵していた。

彼が王だと知ったことで、もう今までのように話せないかもしれないと思ったのだ。

だがどうやらクルトに、そのつもりはないようだった。

彼はゆっくりと私の前まで歩いてくると、少しだけ寂しそうな目をした。

「行かなくては。じいがうるさいからな」

私は思わず笑った。

そう言った顔がまるで、叱られた子供みたいだったからだ。

「また、会えますか？」

思い切って、そう尋ねる。

こんなこと言える立場ではないと分かっているけれど、前回は別れたきりひと月会えなかったのだ。

自分でも、欲張りだと感じた。助けてもらっただけでも十分ありがたいのに、どうしてまた会いたいと思ってしまうのかと。

けれど後悔したところで、口から出た言葉はもう戻ってこない。

「う……」

するとクルトはなぜか、己の手で口を覆って目を泳がせた。

怒っているのとは違うが、なんとも妙な態度だ。

「どうしました？」

首を傾げていると、クルトが気を取り直したように咳払いをした。

「だ、大丈夫だ。今日のようにサラが危険な目に遭ったら、必ず助けに来る。俺は絶対に君を傷つけさせない。それに、不安なようならカレンを頼るといい。彼女は信頼できる相手だ」

確かに、今日クルトがやってきたのは私が怖い目に遭った時だった。今日の出来事なのに、さっきの出来事が衝撃的過ぎて既に忘れかけていた。

そしてその言葉は、人に裏切られ傷ついた私にとって、あまりにも頼もしかった。

これ以上頼ってはいけないと思うのに、それが嬉しいと感じる自分の気持ちを止められない。

けれど同時に、複雑な気持ちにもなった。

カレンとの絆を見せつけられたようで、私は何とも言えない気持ちになった。

「ありがとうございます」

何度言っても足りない。私はクルトに深く感謝していた。

暗い部屋の中で、ランプの灯がゆらゆらと揺れている。

ここは聖皇のための私室だ。サラが最後に見た時よりも、黄金の像や希少な骨董品など、値が張りそうな調度品が増えてごてごてと並べられている。

部屋の中には濃密な空気が流れていた。女の楽し気な笑い声。

そこに、扉が勢いよく開かれ息を切らした枢機卿が飛び込んできた。枢機卿は甲高い悲鳴じみた声を上げる。

「猊下！　民衆が聖女を出せと神殿に押し寄せていますっ」

寝台で男が一人、のそりと体を持ち上げる。

床を共にしていた女は一人ではなく、彼女たちはシーツを肌に巻き付けしどけない雰囲気を放っていた。

「ええい、つまらないことで私を煩わすでない！」

部屋に入ってきた枢機卿を、グインデルは一喝する。

その目はサラを追い出した日以上に怪しく爛々とした光を放っており、体どころか人相すらも以前とは変わり果てていた。

耳の先がとがって牙が伸び、皺だらけの顔は若い男のそれである。

魔物に喰われ、聖皇は取って代わられたと噂されるほどの変貌ぶりだ。

枢機卿についてきた神殿騎士ですら、その容姿に恐れをなし腰が引けている。

「聖女聖女と煩いやつらめ。あれは我々を謀っていた魔女だと公布を出したはずだ」

忌々しく言い捨てるグインデルに対し、枢機卿は必死に言い募る。

「で、ですが。実際に治療院で癒しの治療を行える者がいなくなったことで、ミミル聖教の威光を疑う者が出てきており、市民の間では聖女の力を猊下が独り占めにしているのではという憶測も流れているらしく――」

そこまで言ったところで、枢機卿の声が途切れた。

グインデルの凶眼に睨みつけられた枢機卿は、その場で石になってしまったのである。比喩ではなく、文字通りの石だ。

口を開け狼狽えたその表情は、石像としては余りにも生々しく、自分の人生がここで終わるとは微塵も思っていなかったであろうことが見て取れた。

グインデルの凶行を目撃した女たちは、悲鳴を上げ寝台から飛び出した。

すると今度は掌から光を放ち、グインデルは女たちまでも石に変えてしまった。

あっという間に、三体の石像が部屋の中に出現したのである。

不安定な姿勢だった女の石像は、その場にごろりと倒れこみ足先や首が欠けてしまった。

だが、先ほどまで彼女たちと褥を共にしていたはずのグインデルは、その石像を一瞥し鼻を鳴らす。

身の回りの人間を害してしまったことに、彼は欠片の後悔も抱いてはいないのだ。

その表情は無慈悲そのもので、警備をしていた神殿騎士すら震え上がらせた。

「運び出せ。まったくつまらないことに力を使わせおって。サラがいないからなんだというのだ。そんなことでミミル聖教の威光が失われたりはせん」

そう言うと、グインデルは裸の体に法衣を纏い、部屋を後にした。

残された神殿騎士たちは怯えを押し殺して、部屋の中から物言わぬ石像になった三人を運び出したのだった。

第三章　少年と仮面

私はその夜、夢を見た。

どことは知らない森の中。辺りは一面血の海だった。

飛び散った人間の一部分。食いちぎられた衣服の切れ端。人がいた形跡はあるが、生きている人間はどこにもいない。

私はせりあがってくる吐き気をこらえた。

厳密に言えば、それどころではなかった。


——そこにそれがいたから。


異常に細い体と、長い手足。見上げるような灰色の巨躯（きょく）が背中を丸め、ぎょろりと濁った目でこちらを見ていた。人型であろうとも、人間ではないことは明白だ。

そしてそれは、一匹ではなかった。

きいきいと動物のように喚き、ばしばしと手を叩く。

『ゴハン、喰う！　ゴハンッ』

そいつらの口は血で汚れていた。手にはまだ原形をとどめる肉を掴んでいる者もいる。

目の前の惨状を作り出したのは、こいつらで間違いないだろう。

その中に一匹だけ、明らかに体が大きく強そうなのがいた。そいつは私を見て、にたりと笑った。

『おや？　まだ食い残しがいたのか』

他の有象無象（うしょうむしょう）と違い、そいつの使う言葉には知性が感じられた。けれど口を血で濡らすその姿は、他の者たちと何も変わらない凶暴な獣（けもの）のそれだった。

どくどくと頭の中の血管が脈打っている音が聞こえそうだ。息が荒くなり、恐怖で呼吸がしづらくなった。

私はとっさに走りだそうとして、けれどできなかった。

足がもつれて転び、うつ伏せになる。折れた草の匂いがする。夜着しか纏っていない体に、べとりと血がついた。

立ち上がろうにも、後ろ手に縛られているのでうまく立ち上がることができない。

『まだ若い女だ。きっと肉も柔らかいぞ』

背後からそんな声がした。先ほどよりも断然近い。相手が近づいてきているのだ。

私は無様に地を這った。手が使えないので、頬で這いずる形になった。他人が見たら、まるで芋虫のように見えただろう。だが、そんなことを気にしている余裕はなかった。

私は死ぬ。私は死ぬ。

そう分かっていても、こんな死に方は嫌だった。

尊厳なんていらない。名誉も欲しくない。ただ、もっと安らかな死が欲しかった。

死の間際まで恐怖し、苦痛のある死を与えられるほど私は悪いことをしたのだろうか。

頭の中にはずっとその悲しさや虚しさ、悔しさで溢れていた。

ざくざくと足音が近づいてくる。

まさかこんな最期を迎えることになるなんて、思いもしなかった。

🐾 🐾 🐾

目が覚めると、暑くもないのにびっしょりと寝汗をかいていた。

恐ろしい夢。その映像は夢というにはあまりにも生々しく、私を苛(さいな)んだ。

この国に来て以来、たまにこの夢を見る。なぜかは分からない。

まだ真夜中と呼べる時間だったが、夢の続きを見るかもしれないと思うと怖くなり眠る気にならなかった。

窓を開けると、冷たい風が頬を撫でた。ツーリの街が月光に照らされ銀色に輝いている。遠くから犬の遠吠えが聞こえた。

クルトの突然の来訪から、既に数日が経っていた。

彼がこの国の王であることを知って、じわじわとその驚きが湧いてきているところだ。

ちなみに、実感は全くと言っていいほどない。生活は今までと変わらないし、日常的に国王の話をすることなどないからだ。

カレンに話を聞きたい気もするが、なんとなく今更な気がして聞けないでいる。

それに、親しそうにしている彼らがどんな関係なのか、正直なところ知るのが怖い。

カレンは気立てがよくて、突然クルトから世話を押し付けられた私に、とてもよくしてくれる。

それにとても綺麗な人だ。

ふと、先日クルトを迎えに来た老人がクルトは何人もの女性と付き合いがあるようなことを言っていたことを思い出した。

もしかしたらカレンも、そのうちの一人なんだろうか。

この部屋は、私が来る前からクルトがカレンから借り受けていたのだ。自宅の一室を貸すということは、それほどの信頼関係が二人の間にあるということなのだろう。

どれくらいそうしていただろう。突然ノックの音がした。

「サラ、起きてるの？」

カレンの声だった。

私は彼女のことを考えていたので驚き、気まずい思いを味わった。

だが、だからと言って彼女を無視することはできない。

「今開けます」

そう言ってドアを開けると、思った通りそこにはカレンの姿があった。

彼女の手には、カップに入ったミルクが湯気を立てていた。

「窓を開けた音がしたから、起きてるのかなって」

カレンはそう言って、私の部屋に入った。

「今日は冷えるわ。あなたは人間なんだから、もう窓はしめなさい」

カレン自身は、寒さに強いのだと聞いた。その代わり、熱にはあまり強くないらしいけれど。

私がカレンに言われるままに窓を閉めると、彼女はその間に椅子に腰かけていた。どうやら用件はそれだけではないらしい。

カレンがランプに火をつける。橙色の明かりが部屋の中に満ちると、なんだか少しだけ暖かくなった気がした。

何だろうと不安に思いつつ、私はホットミルクを手にベッドに腰掛けた。

「仕事中もぼんやりしてるし、この間からちょっと様子がおかしいけれど、やっぱりショックだった？　酔っ払いに絡まれたこと」

一瞬、何を言われたのか理解できなかった。

少し考えて、クルトが助けに来てくれた時のことだと気づいた。

そのあとの出来事が色々と衝撃的だったので、酔っ払いに絡まれたことをすっかり忘れていたのだ。

「ご、ごめんなさい！」

確かに、私はここ数日ぼんやりしていた。

クルトが王様だったこと。そしてあの老人の言葉。

再会する前よりもクルトのことが気になってしまい、気づくと彼の事を考えてしまって、仕事に身が入っていなかったかもしれない。

身元が分からなくても働かせてもらっているのに、自分は何をやっているのだろうと情けなくなる。

「いやだね。謝ってほしくて聞いたんじゃないよ。むしろ、怖い思いをさせる前に助けるべきだったのに、悪かったね」

カレンは私に頭を下げた。

これにはさすがに驚いて、真夜中であるにもかかわらず私は叫んだ。

「違うんです！　それが理由でおかしかったわけではなくてっ」

私の声に驚いたのか、カレンは目を丸くしていた。

クルトのことを詮索（せんさく）してはいけないと思いつつ、カレンの誤解を解くためには言うべきなのではないかと相反する考えがせめぎ合う。

思わず黙り込んでしまうと、カレンが心配そうな顔で言った。

「サラ。無理に言わせたくないけれど、もし困ったことがあるなら遠慮なく早く言ってほしい。アタシにはクルトからサラを預かった責任があるんだ。あんたに何かあったら、あいつに合わせる顔がないよ」

その言葉から二人の強いつながりを感じて、やはり二人は特別な関係なのだろうと考えた。

でもここまで言われたら、本当のことを言わないわけにはいかない。適当な理由をつけても、聡(さと)い彼女にはすぐに見抜かれてしまいそうだ。

「本当に……違うんです。実は――」

そして私は、酔漢に絡まれた後の出来事をカレンに話した。

クルトと部屋に戻ると、そこに蝙蝠がやってきたこと。蝙蝠が老人になったこと。その老人から、クルトがこの国の王であると聞かされたこと。

予想していなかったのか、カレンは戸惑うように宙を見上げた。

そして大きなため息をつく。

「なんてこった。グランの爺様(じいさま)だね」

「グラン？」

「グラン・ド・ヴィユ。クルトのお目付け役だよ。あいつがおしめの時から一緒にいるって話だ」

忌々しそうにカレンが言う。

私はと言えば、おしめをつけた幼いクルトを思い浮かべていた。きっと可愛かったに違いない。

「クルト第一の偏屈な爺さんでね。あいつが冒険者になったのが気に食わなくて、アタシらに会うたび余計なことを言いやがる」

なんだか、普段は落ち着いているカレンの言動が荒々しくなった気がする。そういえば、例の酔っ払いを追い出した時も荒っぽい口調だったと思い出す。

それに、冒険者というのは一体どういうことなのだろう。

「冒険者、ですか？」

「ああ。クルトのやつ、これも言ってなかったのか。銀狼国の王は代々王家の血をひくものの中で最も強い者が後を継ぐんだが、クルトは前国王の長男なのに、王になるのなんかまっぴらだって城を飛び出したんだ。それから身分を隠して冒険者として各地を回って、アタシはその時の仲間ってわけ」

私はぽかんとしてカレンの話を聞いていた。

普段の優し気なカレンが冒険者なんて想像もつかないが、確かに今のカレンはいつの間にか足も開いて座っているし、口調もらしいと言えばらしい。

私の様子に気づいたのだろう。カレンは慌ててがに股になった足を閉じた。

そして頬に手を添え、おほほほと笑う。

「ごめんなさいね。興奮すると昔の癖が出ちゃうの」

私はなにがなにやら訳が分からなくなった。

クルトが王様だと聞かされた時よりも、よっぽど混乱している節がある。

今まで優し気で非の打ち所のない女性だと思っていたカレンが、実は荒っぽい元冒険者だというのだ。勿論冒険者という職業に偏見はないが、イメージが違い過ぎて眩暈がしてしまう。

「そうだ、ちょっと待ってて」

そう言うと、カレンはそそくさと部屋を出て行った。どうしたのだろうと不思議に思っていると、間もなく彼女は一枚の紙を持って部屋に戻ってきた。

「これね。アタシたちがパーティを組んでいた時のものだよ。魔法で紙に光景をそのまま焼き付けるんだって」

見せられたのは、茶色で描かれた一枚の精密な絵だった。

いや、これを絵と呼んでいいのだろうか。魔法で焼き付けたと言うが、まるで実物を平らにしたかのようにリアルだ。

そこに写っていたのは、四人の男たちだった。肩を組んだ筋骨隆々な男が二人と、頭に布を巻いた背の低い男性が一人。真ん中には、使い古した鎧に剣を差したクルトの姿があった。全員が笑顔を浮かべている。

若かりしクルトに、私の目は釘付けになった。顔はあまり変わらないが、髪は今と違って長いようだ。

そこでふと、おかしなことに気が付いた。

この絵の中には、カレンの姿がない。不思議に思って顔を上げると、懐かしそうにしているカレンと目が合った。

「あの、カレンさんは写ってないんですか?」

一緒に冒険した仲間なのに、彼女だけが写っていないというのは妙だ。

そう思って尋ねると、カレンも不思議そうな顔になった。

「えー? 写ってるじゃない。ここよ」

そう言ってカレンが指さしたのは、筋骨隆々の内の一人だった。

私の視線が何度も、絵とカレンの間で行き来する。カレンが示した人物は横幅が現在のカレンの三人分くらいあり、色も茶色一色なのでどう考えても同一人物のようには見えない。

思わずランプに近づけてまじまじ見てみると、確かに髪からはみ出している耳はウンディーネ特有のヒレのような形をしていた。むしろ、共通点はそれしかないように思える。

「冒険者を引退したらそんなにご飯も食べなくなって、ちょっと痩せちゃったのよね。今は、自分で食べるより人に食べさせる方が楽しいし」

楽し気に言うカレンに、私は思わず乾いた笑いを浮かべてしまった。

だが、この絵の衝撃はそれだけではなかった。

「それでね、これがアタシの旦那さん」

そう言ってカレンが指さしたのは、絵の中のカレン（？）の隣に写る巨漢だった。絵の中の二人はよく似ていて、髪型といい服装といい違いは耳ぐらいしかない。

「え？　でもあの、カレンさんはクルトさんと……」

そこまで言って、慌てて口を閉じた。

聞くつもりではなかったのに、あまりの衝撃についい口をついてしまったのだ。

「やだやめてよぉ。あんな不愛想な男願い下げ。私には最高のダーリンがいるしね。今は仕事でツーリを離れてるんだけど、もうすぐ帰ってくるの」

そう言うと、カレンは絵に顔を近づけて口づけをしていた。

どうやら夫婦仲はかなりいいらしい。

それにしても、クルトが不愛想というのはどういうことだろう。どちらかというと、表情豊かだと思うのだが。

最初に出会った時も焦った顔をしていたし、私が目を覚ました時はとても嬉しそうだった。

見ず知らずの自分が助かったことをこんなにも喜んでくれるなんてと、私は驚いたくらいなのだ。

この間助けてくれた時も、私を連れ去ろうとした男に対して烈火のごとく怒っていた。グランにも厳しい表情をしていたし、やはり不愛想とは違う気がする。

私はと言えば、色々なことを一度に知った衝撃で軽い疲労感すら覚えていた。

二ヶ月も一緒にいるというのに、次々飛び出してくるカレンの新情報に翻弄（ほんろう）されていた。更に夫を愛するカレンの様子を見て、クルトとの仲を誤解していたことを非常に申し訳なく思った。

けれど驚いたからなんなのか、悪夢を見た恐怖も気づけばすっかり吹き飛んでいた。

むしろ、つまらないことを悩んでいた自分が馬鹿らしいとすら思えた。

所詮夢は夢だ。現実の私を冒すことなどできない。

そして同時に、クルトとカレンが親密な仲ではないと知って、少しだけ安堵している自分がいた。

その理由がなんでなのかは、自分でもよく分からなかったけれど。

懐かしそうに絵を見つめているカレンに、私は思わず尋ねた。

「この方も、王都にいらっしゃるんですか？」

私が指さしたのは、絵に描かれた残りのもう一人だった。

頭に布を巻いた、小柄な男性だ。他の三人がいかにも冒険者らしい冒険者なので、比較すると子供のようにも見える。

だが、私の問いにカレンは曖昧な笑みを浮かべた。

「ああ。その子はね、今は遠いところにいるよ」

その顔があまりに寂しげだったので、私は自分が聞いてはいけないことを聞いてしまったのだと悟った。

私は黙ってその絵を見つめた。初めて見る絵なのに、なぜか懐かしさを感じて目が離せなかった。

それからカレンの惚気話をたっぷりと聞かされ、明け方前に少しだけ眠った。

私の心はなんだか温かいもので満たされて、短い眠りを悪夢に邪魔されることもなかった。

🐾 🐾 🐾

「ダーリン！」

「ハニー！」

お互いに駆け寄り、抱きしめ合う二人。

まるで舞台のワンシーンだ。

カレンの惚気をたっぷり聞かされてから数日後。

その言葉通り、彼女の夫であるゴンザレスが帰宅した。

彼は現役の冒険者を引退し、今では冒険者ギルドで教官をしているらしい。だが時折彼指名の依頼があるので、今回家を空けていたのもその長期依頼が理由とのことだった。

「お、誰だ？」

ゴンザレスがこちらに気がついた。

身長はカレンと同じくらいなのだが、体全体が大きいので威圧感がある。

だが立ち居振る舞いを見るに、紳士的な人のようだ。

握手を求められ、私も彼の大きな手を握り返した。

「初めまして、サラと言います」

「クルトの頼みで、うちで預かってるの。働き者でとても助かってるのよ」

迷惑をかけてばかりだと思っていたので、カレンに褒められるとくすぐったい気持ちになった。

「お役に立てているなら嬉しいです」

「そうかそうか。小さいのに頑張って偉いな」

そう言って、大きな手でガシガシと私の頭を撫でる。

褒められているのは分かるのだが、力が強くて首がもげるかと思った。

「ちょっとゴンザレス。サラの頭が取れちゃうでしょ」

カレンがすぐに間に入る。私はその場でフラフラになった。

「す、すまねぇ。俺の周りにこんなか弱い娘っこはいないからよ。とにかく、だ。俺がいない間カレンを助けてくれてありがとな。これからもよろしく頼むよ」

よかった。

絵の印象から怖い人だったらどうしようと心配していたのだが、彼は優しい人のようだ。

それにしても、彼の周りには女性でも頑丈な人が多いらしい。

それとも彼の言う通り、私が特別に貧弱なのだろうか。

そんなふうに考えたことはなかったが、銀狼国では自分が非力だと感じることが多くある。もともと人間は彼らから見ると非力な種族だそうなので、種族差もあるのかもしれない。

「こちらこそ、よろしくお願いします」

ゴンザレスとの顔合わせが無事に済んで、私はほっとしていた。

もし気に入ってもらえなかったら追い出されるのではないかと、少しだけ危惧していたのだ。カレンはそんな人ではないと分かってはいるけれど、ゴンザレスの人となりまでは分からなかったから。

ここを追い出されては、カレンやクルトに恩返しをするという願いを果たせなくなってしまう。

「それで、依頼のあったアルゴル領の様子はどうだったんだい？」

「アルゴル領？」

カレンの言葉を不思議に思って私が聞き返すと、カレンがゴンザレスの受けていた依頼について説明してくれた。

「ああ。ゴンザレスが受けた依頼は、グール族の住むアルゴル領を見に行くことだったんだ」

グールという名前は、私も知識として知っていた。

人肉を食らう、二百年前に人々を苦しめた悪魔として。

かつて聖女は、ユーセウス聖教国にやってきたグールを退けたという。私がグールを知っているのは、かつての聖女の行いを記した本に、その記述があったからだ。

でもまさか実在しているなんて、思いもしなかった。私の中でグールは、おとぎ話の中の存在だった。

だが記憶喪失ということになっているので、その話はしない方がいいだろう。

「グール……ですか？」

「ああ。知らないのも無理はない。あいつらはアルゴル領から出ちゃならない決まりだからな」

ゴンザレスによると、グールは銀狼国国内でも危険視されており、ここから馬で二十日ほど行ったところにあるアルゴル領から出てはいけない取り決めなのだそうだ。

アルゴル領の管理はグールが行っており、むしろ他の種族はほとんどいないという。銀狼国国内にある別の小さな国のような扱いなのだそうだ。

「そんなところに行って、危なかったんじゃ」

私が見る限り、ゴンザレスは体こそ大きいものの人間と同じ特徴を持っているように思う。

いくら元冒険者とはいえ、そんな危険な場所に行ってきたのかと想像しただけで背筋が寒くなった。

するとゴンザレスは、私の心配を笑い飛ばした。

「ダハハ、ありがとよ。だが大丈夫。俺は人間じゃなくて巨人族だからな。この見てくれじゃ間違っても仕方ないが」

「巨人族？」

「そうよ。ゴンザレスは数少ない巨人族の生き残りなの。すごくかっこいいでしょ？」

カレンの問いに、私は曖昧に頷いた。

巨人族というものがどういうものか分からなかったからだ。

「まあ、なんだ。巨人族は北の方の山奥でひっそり暮らしてるんだが、俺は若い頃にそこを飛び出して冒険者になったんだ。なんせ人間くらいの大きさしかないもんで、なんでもでかい巨人族の里で暮らすには不便でよぉ」

どうやらゴンザレスは、巨人族の中では異質な存在だったらしい。その名前から想像するに、巨人族はやはり体の大きな種族なのだろう。

笑いながら言っているが、周囲の人間と違うというのは辛いことではないだろうか。

故郷を去らなければいけなかったゴンザレスの境遇を、私はなんとなく自分と重ねてしまった。

考えていることが顔に出ていたのか、ゴンザレスが今度は優しくぽんぽんと頭を叩いた。力を加減してくれているのだろう。今度は頭が取れてしまうかもしれないと恐れることはなかった。

「心配してくれてありがとうよ。だがそのおかげでカレンと出会えた。こんな風にうまれてきたことを感謝してるさ」

そう言い切ることのできる強さが、私にはまぶしく思えた。

「やだ、ダーリンったら」

カレンが照れたようにゴンザレスに寄り添う。

「それより、結果はどうだったの？　グールは大人しくしてた？」

「ああ、それなんだが……」

答えを言いかけて、ゴンザレスは何かに気づいたように私を見た。

「いや。個人的な依頼とはいえ守秘義務があるからな。内緒にさせてくれ」

「なによそれー。ダーリンったら」

話もそこそこに、カレンとゴンザレスは二人の世界に集中し始めてしまった。

久々の再会なのだからこれ以上ここにいるのはお邪魔というものだろう。私は二人に気づかれないよう、そっと自分の部屋に戻った。

🐾 🐾 🐾

その日から、ゴンザレスとも一緒に暮らすことになった。

さすが冒険者ギルドに勤めているだけあって、客としてやってくる冒険者の中にも、ゴンザレスを知っている者は多かった。

中にはカレンにちょっかいを出そうとして、ゴンザレスに叩き出された人もいた。

常連客には見慣れた光景らしく、私がはらはらしている横でフレデリカは愉快そうに笑っていた。

しばらくは、穏やかな日々が続いた。

ある日、カレンに頼まれて市場でお使いをしていると、噴水のある公園広場に人々が集まって、木で骨組みのようなものを作っているのを見かけた。

一体何をしているのだろうと不思議に思っていると。

「あれは謝肉祭の準備だよ」

「謝肉祭？」

教えてくれたのは、私が買い物をしていた屋台の店主だった。種族はオークで、豚のような鼻の上にちょこんと丸眼鏡を載せている。

「ツーリの謝肉祭は初めてかい？　ほら、あそこに仮面の屋台が出ているだろう？　当日は皆あれで仮装して、お祭りを楽しむんだ」

確かに店主が指さした先には、大きさも色彩も様々な沢山の仮面が並べられた屋台があった。

若い女性たちが、どの仮面にしようかと楽しそうに選んでいるのが見える。

そう言われてみれば、街のあちこちに飾り付けが始まり、ここ数日で街が一斉に華やいだような気がする。

あまり出歩かないので気づかなかったが、知った途端に浮足立った。

ユーセウスにもお祭りはあったけれど、大抵私は神殿に籠って儀式をしていたので、街で何が行われているのか見ることもなかった。

だが、もう私の行動を制限する人は誰もいない。

義務だった儀式もない。

だからもしかしたら、私もお祭りに参加できるかもしれない！

準備している人たちの楽しそうな顔を見ているだけで、こちらまでどんなことをするんだろうとわくわくした気持ちになる。

私は店主に礼を言うと、荷物を抱えて一目散に帰宅した。

「カレンさん！　謝肉祭について教えてください」

ちょうど店先にカレンがいたので、店の中まで我慢できず私は尋ねた。

突然そんなことを言われるとは思ってもみなかったのか、カレンは目を丸くしている。

「おかえりなさい。ええと……謝肉祭？　ああ、もうそろそろだわね！」

どうやらカレンは、謝肉祭が近いことに気づいていなかったようだ。

もっとも、つい先日まで夫が任務で危険な場所に赴（おもむ）いていたのだから、それどころではなかったのかもしれないが。

カレンはどんな時でも冷静で頼りになるけれど、ゴンザレスが帰ってきてからは目に見えて笑顔が増えたし、おどけたりすることも増えた。

やっぱりゴンザレスの留守中は家を守ろうと、気を張っている節があったのだと思う。

そんな時でも、私のことを気遣ってくれたカレンのことを、私は尊敬している。

「サラは初めてだものね。説明するわ。店の前じゃなんだから、入って入って」

カレンは夜の仕込みを、私はその手伝いをしながら、謝肉祭の説明を受けた。

「いい？　謝肉祭は乙女にとってとっても重要なイベントなの！」

包丁を握ったカレンが、楽し気に言う。

「仮面の屋台はもう見た？」

カレンの問いに、私はこくりと頷いた。

「謝肉祭で一番盛り上がるのは、なんといっても最終日の夜よ」

「夜？」

「そう！　公園広場で一晩中音楽が奏でられて、仮面をつけて種族も身分も飛び越えてみんなで踊り明かすの。それでね、好きな相手がいたら、その人と踊っている時に仮面についた羽根飾りを外して渡すの。羽根飾りを交換した二人は、永遠に結ばれるって伝説があるのよ」

そんな伝説があるのか。

伝説とは聖女について語るお話がすべてだと思っていた。少なくとも聖教国ではそうだった。けれどそうではないのだ。この土地にはこの土地の、地域に根付いた伝説があるのだと改めて気が付く。

「思い出すわ～私に羽根飾りを渡す時のゴンザレスの顔！　真っ赤になっちゃって、とってもかわいかった」

当時のことを思い出しているのか、カレンはうっとりしながら言った。

彼女の話は、私の想像を超えていた。

そもそも、恋というものがよく分からない。神殿ではそんなこと教えてもらわなかった。男女の関わりは汚れたものだと教えられていた。

でもカレンとゴンザレスを見ていると、恋はとても素敵なもののように思える。二人が互いに慈しみあっているところを見ると、私まで胸がぽかぽかと温かくなる。

いつか私にも、そんな相手ができるのだろうか。

想像もつかないでいると。

「サラもクルトと踊れるといいわね」

カレンの何気ない言葉に、私は頭が真っ白になった。

「な！　私とクルトはそんな……っ。それに彼は、王様じゃないですか！」

「そう？　私はサラとクルトならお似合いだと思うけれど」

サラの何気ない言葉に、どうしようもなく顔が熱くなってしまう。けれど、私はぎゅっと自分の手を握りしめた。

助けてもらっただけで十分お世話になっているのに、そんなことを望むなんておこがましい。クルトはこの国の王様だ。王様は相応の身分の女性と結婚するものだ。少なくとも人間の国ではそうだった。

それでなくても、私なんて相手にされるはずがない。

それに私には、好きという気持ちがわからない。私もいつかは、カレンのように夢中になる相手を見つけることができるのだろうか。

聖女をしていた頃は戒律があったので、そんなこと考えたこともなかった。

だが私はもう自由だ。お祭りに参加するだけでなく、恋だってできる。なんだってできる。

カレンとゴンザレスの幸せそうな顔を見ていると、恋というのはきっと素敵なものなのだろうと思う。

今はきっと、ゆっくりと外の世界に適応していく期間なのだろう。

「どうしたの？」

黙り込んだ私を心配するように、カレンが顔を覗き込んできた。

心配を掛けてはいけないと、慌てて手を振って話題を変えた。

「き、気にしないでください。あの、私にも踊れるでしょうか？」

踊りというものがどんなものかは知っている。

一度、城の舞踏会で踊る人たちを見たことがあるのだ。だが、とても自分にできるとは思えなかった。

カレンは私を安心させるように言った。

「大丈夫大丈夫。そんな大層なものじゃなくていいの。音楽に合わせて体を揺らして、楽しめばいいのよ」

どうやら、きっちりとした振り付けなどはないようだ。

そして踊り以外にも、屋台がたくさん出て遠くから行商人もくるらしい。大道芸人なんかも来るそうだ。

謝肉祭とはどんなものなのだろう。話を聞くほどに待ち遠しくなった。

「そう言えば話してなかったけど、うちは謝肉祭に毎年屋台を出してるの。サラにも手伝ってもらうからよろしくね。心配しなくても、ちゃんと最終日の夜には店を閉めて遊びに行けるようにしてあげるから安心して」

「はい！　ありがとうございます」

当日の予定を告げられ、私は気合を入れた。

最近ようやく、接客の仕事も任されつつある。

まだまだうまくいかないことも多いけれど、できる仕事が増えるのは純粋に嬉しい。聖女じゃなくても人を喜ばせることができるのだと、ここにきて私は初めて知ったのだ。


「もうすぐ謝肉祭か」

飾り付けられる眼下の王都を見下ろしながら、クルトが言った。

傍らに控えていたグランは、モノクルを直しながら頷いた。

「ええ。今年も祭りの用意で騒がしいですよ。各地から観光客や商人も集まっているようで、警備を強化させています」

人が集まれば、当然諍いが生まれる。

経済が活性化する分には喜ばしい出来事だが、一方で治安の悪化を考えると手放しでは喜べない。

だが、そのあたりはグランがうまく裁いてくれるだろう。

長年銀狼王家に仕えているグランは優秀であり、更にその忠誠心は疑いようがない。

一時は王位を継がないと思われていたクルトを見捨てることなく、陰日向に支え続けた苦労人である。

だが王を支えるという強すぎる自負心のために、時に彼は過激な行動に出ることがある。

それがサラに対する無礼の理由であり、そうなるとクルトの言うことすら聞かない厄介な相手に成り代わるのだ。

クルトが生まれたばかりの頃から世話役として付き添われてきただけに、こちらからすれば実にやりにくい相手と言える。

グランと事を構えるのは、クルトとしても本意ではないのだ。

だがサラの事となると勝手に体が動いてしまうので、どうしてもグランが望むようにはできないのである。

ふと、グランの視線が鋭くなった。

「またあの女のことを考えていらっしゃるのですかな」

低い声音は、彼が不機嫌であることをありありと伝えてくる。

クルトは答えず、目の前の書類に視線を落とした。ここで言い返したところで、決して己が望むような結論には至らないと嫌というほど分かっていたからだ。

なので反論の代わりに、大きなため息を一つついた。

「それよりも、自慢の孫は最近どうしている？　お前の妻の形質を受け継いでいると聞いたが、そろそろ安定したか？」

明らかな話題そらしであったが、グランはすぐに話に乗ってきた。

複雑な特性を持つ孫のことを、彼は溺愛（できあい）しているのだ。

だが同時に、強い力を持つがゆえにその力の制御が完全になるまではと、お披露目を見送っている。なのでクルトも、グランの孫にはまだ会えていないのだ。

グランの妻は将軍すら務めた高い戦闘能力を持つ種族であっただけに、おのずとそれを継ぐという孫にも期待がかかる。

グランの孫自慢を聞き流しながら、クルトは再び仕事に集中することにした。

🐾　🐾　🐾

それから数日後、私はフレデリカと一緒に仮面を買いに行くことにした。

仮面を買うためのお金は、月々お給料をもらっているので十分にある。

ただでさえお世話になっているのだから最初はいらないと言ったのだけれど、お金を使うことも勉強の内だからといって、受け取るべきだとカレンに押し切られてしまったのだ。

何を買っていいか分からなくて今日まで貯まる一方だったが、フレデリカに誘われて勇気を出して謝肉祭用の仮面を買いに出ることにしたのだ。

お使いに市場へ行くことはあるけれど、自分のものを買いに行くのは初めてなので私はとても緊張していた。

カレン以外の人と、こうやって街に繰り出すのも初めてだ。

「えへへ、こうやって二人で出かけるのは初めてだね」

フレデリカはとても嬉しそうだ。

今まで彼女には何度も出かけようと誘われていたのだが、どうしても仕事を優先してしまって断ってばかりいた。

なので私が一緒に行くことを了承した時には、フレデリカも大いに喜んでくれた。

たったそれだけのことで、勇気を出して良かったと思ったのを覚えている。

「誘ってくださってありがとうございます。初めてなので、どうしていいか分からなくて」

カレンに謝肉祭の話を聞いて、私も自分の仮面が欲しいと思った。

けれど、どうしていいか分からず困っていたのだ。買い物自体はお使いをすることでだんだん慣

れてきているのだけれど、私的な買い物というのはまだしたことがない。

それに、好きなものを買えばいいとカレンに言われたのだが、私は自分が何を好きかもよく分からないのだ。

多分、何にも執着しないように生きてきた反動だろう。

私が持っていたものは、すべて誰かによって選ばれ与えられたものだった。それを好きか嫌いかなんて、考えたことはなかった。

それは考えても無駄だったからだ。

聖女に好き嫌いがあってはいけない。どんな物でも愛し、しかし執着してはいけないのだと教えられた。それは人も物も同じだった。

それをカレンに話すと、これからゆっくり探していけばいいと言われた。

私にも好きなものができるのだろうか。出来たらできたで、少し怖い気もするのだけれど。

市場まで行くと、ただでさえ人の多い市場が更に賑わっていた。

「謝肉祭に合わせて、商人とか遠くの街の人とかも集まってきてるんだよ。ツーリの謝肉祭は有名だからね！」

フレデリカはそう言って、自慢げに胸をそらした。

門番である彼女は自分の街に誇りを持っているようだ。

「そんなに有名なのですか？」

「そりゃあ、銀狼王のいらっしゃる王都だもの」

フレデリカの言葉に、私はどきりとした。

銀狼王というのは、クルトのことだ。

銀狼国の王は、代々銀狼王と呼びならわされるのだという。

「国民の方々に好かれているんですね」

「そうだよ！　今の王様になって、色々なことがよくなったって皆言ってるよ。私は今の王様になってから生まれたからよく分からないんだけど、昔の銀狼国は諍いが絶えなくて、とても大変だったんだって。うちの長老はその頃のことを覚えていて、銀狼王には絶対に逆らっちゃいけないって言ってるよ」

「逆らってはいけない？」

「安全に巣作りができるのもハーピーがこうしてお仕事できるのも王様のおかげだからって。ハーピーは魔物の中では弱いから、昔はあちこち移動して大変だったんだって」

弱いと言っても、フレデリカの持つ足の爪は鋭く、門番をしているくらいなのだから人間よりは強いように思われる。

つまり、この銀狼国には人間より強い種族が沢山暮らしているということなのだろう。

クルトは凄いと思うのと同時に、そんな国をまとめ上げるのには危険もあったのではと心配になった。

今は平和に見えるこの国だけれど、グール族のような危険な種族だっているのだ。

私の中にふと、聖女の力があればクルトの役に立てるのではないかという考えが浮かんだ。

初代聖女は、グールのような魔物を退ける力を持っていたという。歴代聖女の中で一番力が弱い私だけれど、クルトのために何かできることがあるかもしれない。

だがそれは同時に、聖女であることを告白して今の生活を手放すということである。

やっと手に入れたぬくもりのある生活。

それを手放さなければいけないと思うと、正体を明かさなければいけないという思いがみるみるしぼんでいくのを感じた。

私は誰もが私をただのサラとして扱ってくれる今の生活に、固執していた。

私といても楽しいとは思えないのだけれど、フレデリカはいつも楽しそうにしている。なんでも楽しめるところは彼女の才能だと思う。

今も、市場の途中で果実を扱う屋台を覗き込み、鮮やかな果物に目を輝かせている。

「いらっしゃい。旬のおいしいポムの実だよ！　今を逃したらすぐなくなっちまうよっ」

真っ赤な果実は私も見たことのないものだった。

一体どこで取れるのだろうか。鮮やかな色はまるで宝石のようだ。

「これ好きなんだー！　サラ、一緒に食べよう。おっちゃん二つお願い！」

そう言うが早いか、私が返事をする間もなく彼女は果実を買い求めていた。

「じ、自分の分は自分で払うわ」

フレデリカの勢いに気圧されながら、私はどうにかそう言った。彼女に奢ってもらうなんて申し訳なさすぎる。

だがそんな私の困惑などどこ吹く風で、フレデリカは早速ポムの実にかじりついていた。よほどみずみずしいのか、彼女の嘴から果汁が零れ落ちる。

「ん――――!」

フレデリカは幸せそうな悲鳴を上げた。どうやら余程おいしいらしい。

「サラも早く早く!」

その言葉にのせられて、私もポムの実を手に取った。

赤い身は私の拳ほどだが、大きさの割にずっしりと重い。フレデリカはそのままかぶりついていたので、どうやら皮も食べられる種類のようだ。

恐る恐るかじりついてみると、果汁が噴き出してきて私の口の周りをべたべたに汚した。

「ひゃあ!」

私は思わず悲鳴を上げる。気を付けていたはずなのに、果実は思った以上にみずみずしくて果汁が噴き出したのだ。

それを見て、店主が大笑いする。

「嬢ちゃんポムの実は初めてだったか!」

どうやら食べるのにコツが必要な食べ物らしい。

私は慌て手巾で口を拭った。果汁はさらさらとしてべとつかないのが唯一の救いだ。だが、味も香りも爽やかでとてもおいしい。

「はいよ」

笑いが収まると、おじさんは細い筒状の棒を差し出した。

「本当は別料金なんだが、笑った詫びだ。実に刺して吸い出すようにしてごらん」

言われた通り、私はポムの実にその棒をぷすりと刺した。

おそるおそる言われた通りに棒に口をつけて吸い出すと、先ほど溢れた果汁が今度は棒を介して零れることなく口の中に流れ込んできた。

果物をこんな風に味わうのは初めてで、私はとても驚いた。

「このやり方は聖女様が編み出したって言われてるんだ。すごいだろ」

店主は腕を組むと、誇らしげに言った。

私はここで聖女という言葉が出てきたことに驚き、言葉を失くす。

「え、聖女様……?」

銀狼国に、聖女がいるなんて知らなかった。

聖女という概念は、ミミル聖教を信仰する国にしかないのだと思っていた。

私の反応が予想外だったのか、店主は目を丸くしていた。

「嬢ちゃん聖女様のお話を知らないのか？　王都では子供でも知ってるがなぁ」

聖女にそんな知名度があるとは知らなかった。ならばどうして、今日まで聖女の話を耳にすることがなかったのだろうか。

その時、フレデリカが羽根の生えた腕を私の肩にのせて引き寄せた。そしてまるで鳥が警戒するかのように嘴でカチカチと音を立てる。

「おじちゃん。田舎にゃ絵本なんて上等なものはないんだ。誰でも知ってるわけじゃないさ」

フレデリカの言葉に、私の頭は更に混乱してしまった。

「聖女は絵本にのっているんですか？」

「そうさ。聖女は勇者と旅をして、たくさんの魔物を救ったんだ。最期には身を挺して、この国をお守りになったんだ」

店主は自慢げに言った。

「最期ということは、その聖女様はお亡くなりになられたんですか？」

困惑して問うと、店主はまたしても大笑いをした。どうやら笑い上戸らしい。

「はっはっは、もう二百年も前の話だ。興味があるなら城の近くに祠があるから行ってみるといい。字が読めなくても絵で描いてあるから分かりやすいぞ」

「行ったことないなら私が案内するよ！」

フレデリカが立候補してくれる。

仮面を探しに来たのにいいのだろうかという迷いはあったが、銀狼国で語り継がれる聖女伝説がどのようなものか知りたいという好奇心には勝てなかった。

「お願いできますか？」

私がそう言うと、フレデリカは勢いよく頷いたのだった。

🐾 🐾 🐾

「さっきは警戒音出しちゃってごめんね～。驚いたでしょう」

祠へ向かう道すがら、フレデリカは申し訳なさそうに言った。

何のことか分からず、私は首を傾げる。

「こうやって嘴をカチカチやるの、ハーピーが警戒してるときにする仕草なんだ」

そう言って、フレデリカは先ほど店主にやったのと同じように嘴を鳴らした。

確かに鳥が警戒しているようだと思ったので、その認識は間違いではなかったらしい。

「サラが田舎者って馬鹿にされた気がしてさ、我慢できなかったんだ」

私は先ほどのフレデリカの態度の理由を知り、なんだか申し訳なくなった。確かに私はもの知らずだし、田舎者扱いされてもおかしくないと思う。

「私も田舎者だから、この街に来たばかりの頃はよく揶揄（からか）われてさ」

「そうなのですか？」

私から見るとフレデリカはとても世慣れしているし、誰とでも仲良く話しているように見える。

「もう田舎も田舎。しかも他の種族が暮らしたがらないアルゴル領の近くだもん」

ここで唐突に出てきたアルゴル領の名前に、私はどきりとした。アルゴル領というのは確か、グール族が暮らしている土地のはずだ。

「危なくないんですか？」

思わず尋ねると、フレデリカは困ったように笑った。

「アルゴル領に入らない限り問題はないよ。でも、他の種族と交流することもないからどうしても里の外のことが分からないからさ、私はもっと色々なことが知りたくてツーリに来たんだ」

フレデリカにそんな事情があったなんて知らなかった。

店で世間話をする時よりもフレデリカとの距離が縮まったような気がする。

そうこう話している内に、私たちは目的の場所に到着したらしかった。フレデリカが足を止めたので、私もそれに倣(なら)う。

目の前には、煉瓦造りの古びた祠が建っていた。

中は仕切りもなく広い空間で、壁には様々な種族と一緒に聖女が描かれている絵が、何枚も掛けられていた。

その絵をもとに、フレデリカは銀狼国に伝わる聖女の伝説を話してくれた。

ある日突然、黒目黒髪の聖女が現れたこと。彼女は銀狼国の各地を回り、魔族を助けてくれたこと。

祠に飾られた絵はどうやら聖女の生涯を表しているらしく、聖女が銀狼国にやってきたシーンに始まり、時系列で並べられているようだった。

私がカレンに作ってもらった、おかゆを作る聖女の絵。

癒しの力によって不治の病にかかっていた病人を治し、感謝される様子。

頭に羽根飾りをつけて笑う聖女。その隣には、同じように羽根飾りをつけた銀色の髪の男が立っていた。

その顔を見て、私はどきりとした。

「これって……」

私がその男性を指さすと、フレデリカはにこやかに説明してくれた。

「ああ。これは当時の銀狼王様だよ」

当時のということは、クルトの祖先ということだろうか。

血がつながっているだけあって、描かれている男もクルトによく似ているように見える。

私はその絵をじっと見つめた。互いに羽根飾りをつけた聖女と銀狼王は、とても幸せそうに笑っている。

なぜだかずきりと胸が痛んだ。

「それでこっちが、ハーピー族を助けてくれた時の絵だよ！」

順番を待ちきれないとばかりに、フレデリカが言った。

確かに彼女が示している絵には、ハーピー族と聖女が描かれている。

だが今までの絵と違い、聖女はとても苦しそうな顔をしていた。

「一体何があったんですか？」

私が尋ねると、フレデリカは少しだけ悲しそうな顔になった。

「グールに強力な王が生まれて、今まで好き勝手してたグールが軍隊になって襲いかかってきたんだ。当時は種族同士で協力して戦うなんてこともなかったから、いろんな種族がどんどんやられていった」

祠に響き渡るフレデリカの声に、私はごくりと息を呑んだ。

そして彼女は、次の絵の前に足を進める。私もそれに倣って先に進んだ。次の絵が最後のようだ。

「そこで聖女様は、命を賭してグールの王を封じてくださったんだ！　魔族たちはそれを嘆き悲しみ、今度同じことがあってもグールに対抗できるように、いろんな種族が力を合わせて戦う軍隊を作ったって聞いた」

なるほどと、私は頷いた。

確かに食堂にやってくるお客さんには、フレデリカの他にもいろいろな種族の軍人さんがやってくる。そんな光景も、聖女の伝説がきっかけとなっているのだろう。

それにしても、ユーセウス聖教国にいた頃はこんな話全然知らなかった。

祖国の伝説では、魔族はそのすべてが悪(あ)しき存在だと説明するものが多かったからだ。そして聖女は自らの力を使って、その魔族から人間を護ったのだと私は教わってきた。

でも聖女は、人間だけでなく魔族も分け隔てなく救っていたのだ。

私はそれを知って、少し嬉しくなった。かつての聖女も私と同じように、魔族と触れ合っていたのだと知ることができたからだ。

それにしても、伝説はどうしてねじ曲がって伝わってしまったのだろう。

昔のことだから仕方ないのかもしれないが、おそらくミミル聖教に伝わる伝説は人間の都合がいいように改竄(かいざん)されているに違いない。

ミミル聖教が正義の組織でないことは、放逐(ほうちく)された私が一番よく知っている。

「それじゃあそろそろ、仮面を見に行こうか」

フレデリカの誘いに、私はこくりと頷いた。

短い時間の間にいろいろなことがありすぎて、私は仮面を買うという本当の目的を忘れかけていたのだった。

「屋台が見えてきたよ！」

フレデリカの弾んだ声で、我に返る。

せっかくの買い物なのに、別のことを考えていてはフレデリカにも失礼だ。

私はあの祠についての考えを一旦頭の奥底に押し込んだ。

先日見た時と同じように、屋台にはたくさんの仮面が並べられていた。そのすべてに羽根飾りがついているのだが、他は色も形も多種多様だ。

そういえば、祠で見た絵でも聖女と銀狼王が羽根飾りを付けていた。仮面の羽根飾りは何かそれに関係あるのだろうか。

フレデリカはとても大きな仮面を見つけ出し、それを自分の顔に当てて見せてきた。

きっと大きな種族のための仮面なのだろう。

その顔を見て、私は思わず笑い声をあげた。仮面が大きすぎて、フレデリカの顔のほとんどが目の部分の穴から見えてしまっている。

他にも、牙を持つ種族のために穴が開いている仮面や、目の部分だけを覆う仮面。精緻（せいち）な絵が描きこまれた仮面などがあり、素材も値段も様々だった。

それらの仮面が、目の前で飛ぶように売れていく。

買い物をしている人たちは皆笑顔で、誰もが謝肉祭を楽しみにしているのが見て取れた。

お祭りを楽しめるということは、この国が平和である証拠だ。

いつも忙しそうにしているクルトに、この目の前の光景を見せてあげたいと思った。

「自分の目の色と違う色の羽根飾りにした方が、より一層あなたの魅力が引き立ちますよ。なんなら意中のお相手の目の色にするのはいかがですか?」

屋台の売り子が女性客に仮面を勧めている。恋人の話になり、客たちは華やいだ声をあげていた。

ふと、さっき見た絵の銀狼王と聖女は恋人同士だったのだろうかという考えが浮かんだ。

恋愛のことはよく分からないけれど、あの絵からはなんだか特別な繋がりのようなものが伝わってきた。

銀の髪を持つ、クルトと似た顔の人。

なぜだろう。あの絵のことを思い返すと、ずきりと胸が痛むのは。

最初に絵を見た時に感じた痛みは、どうやら気のせいではなかったらしい。

「サラはどれにする? これなんか似合いそう!」

たくさんある仮面の中から、私の顔に合いそうなものをフレデリカが選んでくれる。

初めての友達との、初めての外出。とてもわくわくしていたはずなのに、楽しみきれないのはなぜだろう。

あの絵のことが、どうしても頭から離れないのだ。

結局私は、フレデリカが選んでくれた花の模様入りの仮面を買うことにした。

白地に金色の装飾で、羽根飾りは空色だ。

フレデリカがよく似合うと言ってくれたので、私はいい買い物ができたと上機嫌だった。

帰りは用事があるというフレデリカと別れ、一人で帰路についた。途中寄り道をしたので、思ったよりも時間がかかってしまったせいだ。

フレデリカは何度も心配してやっぱり送っていくと言ったのだけれど、彼女を用事に遅れさせるわけにはいかないと、私は必死で固辞した。

私はもう、一人でお使いだってできるのだ。フレデリカがいなくたって、店に戻るくらいはなんでもない。

夕暮れの帰り道。

鞄に入れた仮面を何回も取り出して見ては、顔が緩んでしまうのを感じた。

お祭りは一体どんな催しなのだろう。仮面を買ったり、店を飾りつけたり、用意をしている人たちがあれだけ楽しそうなのだ。本番となれば、更にすごいに違いない。

勿論、不安な気持ちもある。自分はうまく溶け込めないかもしれないという不安だ。

けれど今は、楽しみな気持ちの方が強い。初めてのお祭りに、初めてのダンス。うまくできなくても、きっとカレンやフレデリカなら笑って一緒に楽しんでくれるだろう。

わがままを言うなら、お祭りの日にクルトに会えたらいいのにと思う。

多忙だから無理と分かっているのに、こっそりそんな妄想をした。最後に会ってから十日ほど経つが、なんだかもうずっと会っていないような気さえした。

彼にも、こんなに喜んでいる街の人を見てもらいたいのだ。

その時ふと、背後から足音が聞こえた。

道に一人きりというわけではないのでおかしなことではないのだが、その足音がやけに近い。

気配に気づくのが遅れたのは、考え事に夢中になっていたせいだろう。

勇気を出して振り返ると、足音が聞こえるほど近くに人の姿はなかった。あたりを見まわしてみても、様子のおかしな人はいない。

けれどまた前を見て歩き出すと、後ろから軽い足音がついてくるのだ。

足音はどこまでもついてくる。このまま店に戻っていいのかと、私は悩んだ。カレンに迷惑をかけるようなことだけは避けたい。

心臓がバクバクと、大きな音を立てる。

少し歩いて、また振り返る。誰もいない。

その行為を二回繰り返し、私は駆けだした。

幸い、気配に気づいたのはカレンの食堂からそう遠くない場所だった。

食堂の建物が見えてきた時、どれほどほっとしたことか。

私はスピードを緩めず、そのまま建物の中に飛び込もうとした。

けれどそこで、私を尾けてきた何者かが私の手首を掴んだ。喉の奥から悲鳴が上がる。自分のものとは思えないような甲高い声だ。

すると、手首を掴んだ相手は動揺したようだった。

「お、落ち着いて！」

そんなこと言われても、落ち着けるわけがない。

私はどうにかその手を振り切って、逃げようとした。先ほどまでの楽しい気持ちはどこへやら、恐ろしくて恐ろしくて仕方なかった。

ひどく動揺していた私は、手首を掴む手が小さく頼りないことに、ちっとも気づいていなかった。

「は、離して！」

神殿騎士に拘束された時のことを思い出し、冷たい汗が噴き出した。

すると騒ぎを聞きつけたのか、まるで地響きのような重い一喝が辺りに響き渡る。

「離せ！」

聞き覚えのある声に、私は驚いて目をやった。

そこに立っていたのは、驚いたことにクルトだった。

なんでここにいるのだろう。私は唖然とした。私は見知らぬ誰かに手首を掴まれているのも忘れて、頭が真っ白になった。

確か以前にも、同じことがあったはずだ。

クルトはつかつかと私に歩み寄ると、私の手を掴んでいる主を拘束した。

「は？」

以前の酔っ払いと違い、私の手を掴んでいたのは身長が私の腰までしかない男の子だった。額には可愛らしい角が生えている。

彼もクルトの登場に驚いているようで、目を見開いて口を開けたまま固まっていた。

その顔を見たら、先ほどまで感じていた恐怖心は急速に消えていった。残ったのは、相手を確認もしないで悲鳴をあげてしまった気恥ずかしさだ。

「お前、よくもサラを怖がらせたな」

クルトが少年に凄む。それを見た男の子は、青い両目から涙を溢れさせた。

「ごめんなざーい！」

わんわんと泣く男の子と、怖い顔をしたクルト。私はあっけに取られ、しばしその場に立ち尽くした。

「と、とりあえず離してあげてくださいクルトさん」

流石にそのままにはしておけず、私はクルトに訴えた。

相手が子供であるにもかかわらず、恐慌状態に陥ってしまった自分が本当に恥ずかしい。

だがそう言っても、クルトは少年の手を離さない。

「小さくても油断するな。魔族の中には成体でも子供の姿を取るものもある」

「でも……」

反論を呑み込みつつ、クルトに拘束された子供を見下ろす。

心底恐怖したように泣き喚く様子は、演技をしているようにはまるで見えなかった。

結局、見かねたカレンに声をかけられるまで、私たちはその場に立ち尽くすことになった。

🐾 🐾 🐾

私たちは食堂の一番奥のテーブルを借りて、拘束された少年と話すことになった。幸いまだ準備中で、店内に客の姿はない。

開店準備の忙しい時間なのに申し訳ないと謝ると、そんなこと気にするなとカレンには笑い飛ばされた。

それよりもむしろクルトがいることに、彼女は苦い顔をしていた。

「なんでアンタまでいるのよ」

カレンは子供のために焼いたらしいホットケーキをテーブルに置きながら、クルトに向けて呆れたようにため息をついた。

クルトはといえば、腕を組んで顔を逸らし、返事すらしない。

どうやら理由を話したくないらしい。

クルトに会えたのは嬉しいが、また仕事を抜け出してきたのではないかと私は心配になった。

「それで、アンタはアンタでどうしてサラの後を尾けるような真似をしたの？」

涙目になりながらもホットケーキに釘付けになっている少年に、カレンが問うた。

改めて見ても、やっぱり見覚えのない男の子だ。そもそも、この街にいる私の知り合いなどそう多くはない。

そしてそのほとんどがこの食堂の客なので、子供の知り合いなど皆無と言っていい。

おそらくだが、店にきたことはないだろう。カレンにも確認したが、彼女にも心当たりはないそうだ。

少年は俯いて、ホットケーキを見つめたり目を逸らしたりを繰り返していた。

「素直に話すなら、これ食べさせてあげるんだけどな～」

カレンの思わせぶりな言葉に、少年は膝の上で拳を作った。

「う、うるさい！　情けは受けないぞっ」

どうやら、見知らぬ人間にご馳走されることに抵抗があるらしい。

服装も貴族の子供のような服装だし、もしかしたら身分の高い家の子供なのかもしれない。ならば一層、私の後を尾けてきた意味がわからない。

「怖がってごめんなさい。どうして尾いてきたのか、教えてもらってもいいですか？」

ゆっくりと問いかけると、少年はようやく私の目を見た。

彼の目は綺麗な空色で、今は雨上がりのように濡れている。

少年は己の腕でごしごしと乱暴に目を拭うと、何かを決意したように口を開いた。

「お姉さんが買った仮面を譲って欲しいのだ！」

流石にこの言葉は予想していなかったので、私はカレンと顔を見合わせた。

「そんなに特別な仮面を買ってきたのかい？」

私は首を左右に振って否定した。

気に入ったのは確かだが、街の出店で購入したごく普通のものだ。金額も高価な物ではなく、持っていったお小遣いで支払ってお釣りがきた。

私は手元の鞄から仮面を取り出す。

それを見て、少年は身を乗り出した。だが、少年の勢いを挫くように、地の底から響いてくるような低い声がした。

「どうしてサラを驚かすような真似をした」

クルトの言葉に、少年はびくりと肩を震わせる。

止まっていた涙が、再び目尻に溜まっている。

「クルトさん。あまり怖がらせないであげてください」

私は少年に同情してしまった。クルトの目は印象的なので、その目に睨みつけられたらさぞや恐ろしいだろうと思ったのだ。

いつも優しい顔をしていることが多いので、もし自分が睨まれたらと思うと私だって体が竦んでしまう。

「だが……」

　不服そうなクルトの言葉を遮って、私は言った。

「大丈夫ですよ。確かに驚きましたけど、こちらも驚かせてしまってごめんなさい。それで、どうしてこの仮面が欲しいんですか？」

　取りなすように声をかけると、少年は迷うように視線を彷徨（さまよ）わせた後、ぽつぽつと語り始めた。

「この仮面じゃなきゃダメなんだ」

「ええと、同じものが屋台にたくさん売っていますよ。屋台の場所をお教えしましょうか？」

　フレデリカの話では、仮面を扱う屋台はいくつかあるそうだ。私たちが今日行ったのは、その中でも代々仮面作りをしている老舗（しにせ）の屋台らしい。

　私の提案に、少年は激しく首を左右に振った。

「屋台にはもう行った。この色の組み合わせはもうないんだって」

　そう言われて、改めて手元の仮面を見てみた。

　白地に金の装飾。空色の羽根飾り。そういえば、羽根飾りの色が少年の目の色と同じだ。

「自分好みの色がないからって、人のものを欲しがるのは感心しないね。これはサラが自分で働いたお金で初めて買ったものなんだ」

　少年に言い聞かせるように、カレンが言った。

　そう言われると、なんだか気恥ずかしい気持ちになる。

「お、お金ならあるよ！」

カレンの言葉をどう受け取ったのか、少年は立ち上がるとズボンのポケットに手を突っ込んだ。

そしてテーブルの上に、ことりと石のようなものを置く。透明度の高い紫色で、石の中心に光が揺らいでいるとても不思議な石だった。

私が知っている貨幣とは違うので戸惑っていると。

「これは……！」

「まさか……本物⁉」

クルトとカレンがそれぞれに腰を浮かせた。どうやらこの石は、二人を驚かせるような影響力を持つようだ。

首を傾げている私に、クルトが説明してくれた。

「これは紫晶貨（ししょうか）と呼ばれる石の貨幣だ。極めて貴重で、ほとんど出回らない。国同士の取引などに用いられる貨幣で、これ一個で一億ギンになる」

ギンというのは、この国で使われているお金の単位だ。私のひと月の給料が十万ギンなので、この石はその一千倍ということになる。

仮面は一つ十万ギンもしないので、その対価としては考えられないほどに高額だ。

私は何度も、少年の顔と紫晶貨を見比べた。

「お前、これをどこで盗んできた？」

クルトが低い声音で言う。

テーブルに緊張が走った。三人の視線が少年に集中する。

すると少年は、顔を真っ赤にして反論した。

「盗んでなんかない！　お祖父様が僕の誕生祝いに下さったんだ！」

そう叫んだかと思うと、店内に突風が吹き荒れた。

「きゃっ！」

ホットケーキを載せたお皿が私の顔のすぐ横を通り過ぎて行った。その恐ろしさに思わず目をつぶる。

いくら木でできているとはいえ、お皿まで吹き飛ばすような突風だ。

明らかに、自然現象ではない。

「僕は泥棒なんかじゃない！」

少年の声に呼応するように、更に風が強くなる。

皿どころか、私自身吹き飛ばされてしまうんじゃないかと恐怖を覚えた。あまりに強い風に、目を開けることができない。ごうごうと風の音が耳をふさぐ。

すると後ろから、大きな手が私の体を支えた。

「そのまま目を閉じていろ」

耳元で囁いたのは、クルトだった。

すると風がやんで、私の体にかかっていた圧が消えたのを感じた。

目を開けると不思議なことに、私とクルトの周りだけ風がやんでいた。まるで透明な膜につつまれているみたいだ。

膜の外では相変わらず強い風が吹き荒れている。

更に驚かされたのは、クルトの頭に尖った耳のようなものが二つ生えていたことだ。そして私の体にも、銀色のふさふさした長いものが巻き付いている。まるで私を守るかのように。

私はクルトの顔を見上げた。だが彼は、まっすぐに少年を睨みつけている。

膜の外では、ガタガタとテーブルや椅子が音を立て、食器などの軽いものが壁に叩きつけられていた。

お店の中が滅茶苦茶になってしまうと思い、私は声にならない悲鳴を上げた。ここはカレンの大切なお店だ。

彼女の様子を窺うと、カレンは怯えるどころか肩を怒らせ顔を憤怒(ふんぬ)に染めていた。ちなみに彼女の周りには、彼女を護るように水の膜が張られている。

「アタシの……アタシの店を壊すんじゃないよ！」

カレンは両掌を掲げたかと思うと、その両方から大量の水を噴射した。

噴射された水は少年の顔にあたったかと思うと、その小さな体が壁に吹き飛ばされる。

すると同時に風がやんで、巻き上げられていたものが一斉に床に落ちた。ガシャンとかパリンとか、様々な破壊音が耳をつんざく。

そしてカレンの怒りは、それだけでは収まらなかった。

彼女の手から発せられた水、まるでそれ自体が意思を持つかのように少年の顔を包んだ。

怒りに染まっていた少年の顔が、苦悶で歪むむ。

彼の口から気泡が漏れた。どうやら顔を覆う水球のせいで溺れているようだ。

「カレンやめて！　死んでしまいますっ」

次々と起こる予想外の連続に、私は完全に動転していた。

だが、このまま黙って見ていたら、最悪少年が死んでしまいかねない。

私はクルトから離れカレンに抱き着く。彼女の肌はひんやりと冷たかった。

「カレン！」

カレンは私を一瞥すると、悪態をついて両手を下ろした。

次の瞬間、少年の顔についていた水球が割れて、ただの水に戻る。

少年の服はびしょ濡れになったが、水の軛が解かれたことに私はほっとした。

叩きつけられた壁に背を預け、少年は泣きわめくでもなく、ぐったりと崩れ落ちていった。

ひどい虚脱感を感じていたが、ただ見ているわけにはいかない。私はすぐ少年に駆け寄ると、その気道を確保して人工呼吸をおこなった。

やり方は神殿の治療院で学んでいる。癒しの力を使うにしても、気道が塞がれていたら窒息は免れない。

血の気が引いて紫色になった唇から、必死になって息を吹き込む。

「サラ！」

咎めるように、クルトが叫んだ。

だが、悠長にしていたら少年が死んでしまうかもしれない。

人ではないのだからそう簡単には死なないのかもしれないけれど、目の前でぐったりとした少年を放っておくことはできなかった。

同時に、心臓の辺りに手を置いて癒しの力を使う。

その場にクルトやカレンがいることなど、気にしている余裕はなかった。

かつて神殿の治療院にも、溺れた人が運ばれてきたことがある。人工呼吸は神官が行い、私は胸に手を当てて癒しを行った。

幸いその人は助かったけれど、運び込まれてくるのが少しでも遅ければ死んでいただろうということだった。

私の癒しの力も、死んでいる人を生き返らせることはできないのだ。

癒しの力に目覚めた時、目の前に横たわる母の遺体が息を吹き返さなかったように。

しばらくすると、少年は咳き込んで息を吹き返した。私は更に癒しの力を使う。

どれくらい時間がかかっただろう。癒しには集中力を要するので、時間の感覚を喪失してしまうのだ。

そしてようやく、少年が目を開けた。綺麗な水色の瞳に、私の顔が映っている。

「よかった。もう大丈夫ですよ」

少年を安心させようと、不思議そうにしている少年に声をかける。

すると今度は、後ろからクルトが身を乗り出してきて少年の首根っこを掴んで持ち上げた。

「クルトさん！　あんまり手荒にしては」

せっかく回復させたばかりなのだ。やめてほしいと頼むが、クルトは聞き入れない。頭から飛び出した三角耳は前方に傾き、口からは牙がむき出しになっている。お尻から生えたふさふさの尻尾はまっすぐ天を指していた。

子供の頃に見た、犬が怒っている時の仕草だ。

「離せ！　離せよ！」

ぐったりしていた少年だったが、自分が持ち上げられていることに気が付くとすぐに暴れだした。

少年がどうにか逃げ出そうと叫ぶ。

すっかり元気そうなその様子に、癒しの力を使ったのは自分だとは言え、驚いてしまった。

人のような姿をしていても、やはりこの少年も人よりずっと丈夫であるらしい。私には種族名までは分からないが。

「そんな態度を取っていいのか⁉　僕は魔公爵グラン・ド・ヴィユの孫なんだぞ！」

少年の絶叫に、私たちは思わず顔を見合わせた。

🐾 🐾 🐾

グラン・ド・ヴィユといえば、以前蝙蝠に化けて私の部屋にやってきた老人の名前だ。クルトに『じい』と呼ばれていた老人である。

魔公爵がどれほど偉いのかは分からないが、少年の態度を見るにかなり高い地位なのだろう。

そしてその人が従うような態度を取っていたのだから、やはり本当にクルトは銀狼国の王なのだ。

疑っていたわけではないが、なんだか改めて身分の差を思い知らされたような気がした。

さて、老人の身元が分かったのはいいが、クルトもカレンもグラン・ド・ヴィユの名前に苦虫を噛み潰したような顔をしている。

予想していた反応と違ったのか、少年は不思議そうな顔をしていた。

「はあ。とにかく店を片付けなくちゃ。サラ、休みの札出してきて。今日は営業にならないよ」

お店の中は見るも無残な有様だ。

「申し訳ありません。私がこの少年を連れてきたせいで……」

カレンに謝ると、彼女は困ったように笑って言った。

「サラが連れてきたわけじゃなくて、勝手についてきたんでしょ。あんたのせいだなんて思ってないよ」

サラは気丈に言ってくれるが、私が原因であることには変わりない。

言われた通り本日休業の札を出したものの、果たして明日から営業できるのかも分からない状態だ。

私の表情がすぐれないことに気づいたのだろう。カレンが声をかけてくれた。

「それより、あの子を助けてくれてありがとうね。死んじまってたら、流石に後味が悪いもの。それにしても、あんな治療法があるんだね」

私は自分が聖女だとばれるんじゃないかと、ひやひやしていた。

だがカレンは訝しむ様子もなく、人工呼吸だけで回復したと信じているようだ。

だましているようで申し訳ないが、私はその勘違いに便乗することにした。

「ええと、なんだか咄嗟にそうしなければいけないと思って……多分記憶をなくす前に人命救助とかかわりのある仕事をしていたのかもしれません」

我ながら厳しいかなと思ったが、カレンは感心した様子で相槌を打っている。

一方クルトは先ほどよりもなおさら不機嫌になり、舌打ちをするとパチンと指を鳴らした。

すると少年はまるで後ろ手を縛られたように動かなくなった。おそらくクルトの魔法によって戒められているのだろう。

「おい！　聞こえなかったのか？　僕はグラン・ド・ヴィユの……！？」

言葉の途中で、今度は口を開くことすらできなくなってしまった。

またしてもクルトが何かしたのは間違いないだろう。

止めようかとも思ったが、命の危険はなさそうなので黙っておくことにした。

これ以上クルトを刺激したくなかったというのもある。今まで見てきた中で、こんなに怒りをあらわにしているクルトを見るのは初めてかもしれない。

私は片づけをしているカレンを手伝い、まずは散らばってしまった食器類をまとめた。ダメになってしまったものとまだ使えそうなものを分けていく。家具と違って吹き飛ばされてしまったものが多く、二度と使えなさそうな物も多い。

無心で手を動かしていると、クルトが来て私の作業を手伝ってくれた。

少年はどうしているのだろうとそちらに目をやれば、騒ぎつかれたのかふてくされたように壁際に座り込んでいる。

「連絡はついたの？」

「ああ。すぐに来るそうだ」

主語のない会話だが、カレンとクルトはそれだけで通じ合ったようだ。

「それにしても、アタシも焼きが回ったかねぇ。現役の頃は最初の一発で確実に仕留めたもんだが」

店内を点検しつつ、カレンはわざと少年に聞かせるように大声で言った。

クルトもそれが分かっているのか、意地の悪い笑みを浮かべて追従する。

「全くだな。あんな子供一人に手こずるなんて、らしくない」

「大体、水中で呼吸もできないのにウンディーネに喧嘩売るなんて自殺行為じゃない？　グランの孫がどれだけ偉いか知らないけど、喧嘩を売る相手は選ばないと早死にするわよ」

少年が溺れていたのはそれほど長い時間ではなかったが、おそらく彼は余り水が得意ではない種族なのだろう。

カレンの様子に祖父の名前が通じないと悟ったのか、少年は顔を青くしていた。

少し可哀相かなと思いつつ、店内の有様を考えるとこれくらいの八つ当たりは仕方ないのかもしれない。

それにしても、片付けの間、カレンもクルトも癒しの力については何も言ってこなかった。

人工呼吸だけで少年が助かったと思ってくれているのなら、好都合だ。彼らを騙しているようで心苦しいが、聖女をしていたことを隠しておきたい身としてはその方がありがたい。

だが、そのことに触れてこないのはいいとして、クルトの不機嫌は未だに継続中である。そういえば、いつの間にか尻尾も耳も消えている。

それに今更かもしれないが、どうして彼が突然現れたのかも気になる。

「またこんなところにいらっしゃったのですね。それにしても何ですか。突然お呼び出しになるとは」

休業の札をかけていたはずの扉が開かれ、見覚えのある老人が店内に入ってきた。

先ほどのクルトとカレンの会話はこれだったのか。

そこには気難しい顔のグランが立っている。

そこに、カレンはずかずかと近づいていって言った。

「こんなところじゃないわよ！　誰のせいだと思ってんの⁉」

落ち着いたように見えたカレンだが、グランの言葉に怒りが再燃したらしい。確かに今の状況を考えれば、それも仕方のないことだと思う。

「いきなりなんだ。それにしても、いくら場末と言ってもこの店の有様はあんまりではないか？」

グランの皮肉を聞いて、私まで怒りを覚えた。

「黙れグラン」

クルトは以前のように、彼を『じい』とは呼ばなかった。

それに驚いたのか、グランは赤い目を瞬かせる。

「こいつを見ても同じことがいえるか？」

そう言って、クルトは自分の体の陰になってグランからは見えなかったであろう少年の姿を露（あらわ）にした。

グランはモノクルを動かして目を凝らす動作をした後、驚いたように叫んだ。

「セシル！　どうしてここに⁉」

グランはぴかぴかに磨かれた黒い革靴を踏み鳴らし、足早にセシルと呼ばれた少年の前までやってきた。

「こいつの能力を考えれば、なんでこの店がこんな有様なのかぐらい分かるだろう?」

クルトの言葉に、グランは顔を険しくする。

「セシル。お前の力は未知数だ。所かまわず使ってはいけないと言っただろう。それに、ここにいることをお前の親は知っているのか? 一人でいるところを見ると——まさかまた抜け出したんじゃないだろうな?」

老人の怒りを感じさせる低い声音に、ようやく落ち着いてきていたセシルが肩を震わせた。

返事をしようとして喋れないことに気づいたのか、セシルと呼ばれた少年は涙を浮かべてこちらを見上げてきた。

私が何とかしてあげられるわけではないのだが。

「クルトさん。口が……」

一応掛け合ってみると、クルトはしぶしぶといった様子でセシルに手をかざした。

すると戒められていた口と手が解放されたらしく、セシルは驚いた顔で掌をぐーぱーさせている。

それが済むとよろめきながら立ち上がり、自らの祖父の前に立った。

「お、お祖父様これには訳が……」

「私に恥をかかせおって。お前は自分が何をしたか分かっているのか!」

言い訳をする暇もなく、グランが怒鳴りつける。それが恐ろしかったのか、セシルは目をつぶり身構えていた。

その様子があまりにも可哀相で、私はつい口を挟んでしまった。

「待ってください。その子は万全な状態じゃないんです。まずは落ち着いて話を聞いてください」

先ほど溺れかけたばかりだ。

一応癒しの力を使ったので大丈夫だとは思うが、話も聞かず怒鳴りつけるのは違うと思った。

すると、赤く光る老人の目がこちらに向いた。

「ほう？　人間風情が私に説教をするつもりか。王の寵愛があるからと調子に乗りおって――っ」

グランは最後まで、自分の言葉を口にすることができなかった。

いつの間に移動したのか、クルトがグランの襟首を掴んで持ち上げていたからだ。クルトは長身なので、そうするとグランの体は完全に宙に浮いてしまう。

「魔公爵たる者が、聞く耳すら持たず相手を侮辱するとは。耄碌(もうろく)したかグラン」

返事をしようにもできないのか、グランは呻くばかりだ。だが、その目は赤く輝きクルトと睨み合っている。

その場には緊迫した空気が流れ、動こうにも体が重くなったような気さえした。

そして、私よりも先に行動したのはセシルだった。

「やめて！　お祖父様をいじめないで！　僕が悪かったんだ。謝る、謝るから！」

クルトの足にしがみついて、セシルが泣きわめく。

私はクルトを止めに入ろうとしたが、カレンに止められた。なぜか彼女の顔には玉の汗が浮かんでいた。

「普通にしていられないのは分かるよ。いいかい？　あの二人が本気でやりやったら、巻き込まれてこの辺りなんぞ跡形もなく消し飛んじまう。正義感はいいが、まずは自分の身を守ることを第一に考えな」

耳打ちされた言葉に、はっとする。

クルトはいつも優しいから、私は油断していたのかもしれない。

人に似た姿をしていても、この街の人々は皆人外の力を持っている。

私から見れば十分強そうなフレデリカすら、自分たちハーピーは弱いと言っていたのだ。

セシルの突風も、カレンの水の力も、私に向けて使われたら簡単に死んでしまうだろう。

そう言う意味で、私はとても無防備に過ごしてきたのだと痛感した。

「でも……」

けれど、だからといって目の前の出来事を黙って見ているのは、辛い。

前にグランと会った時、クルトは憎まれ口こそ叩いていたけれど、二人はとても仲がよさそうに思えた。

その二人がこの出来事のせいで仲違(なかたが)いしたらと思うと、黙っていることができなくなってしまったのだ。

「クルトさん！」

私はクルトの名を呼んだ。

「私は……私はこの事件の当事者です。当事者をのけ者にして、話を進めないでください！」

言葉尻は、震えていたかもしれない。

とにかくこの状況を止めなければと、私は必死だった。

クルトは私の方をちらりと見て、掴んでいたグランの襟首を離した。

グランの体が床に落ち、彼は尻もちを付く。セシルはすぐさま駆け寄っていって、グランに泣きついた。

「お祖父様ごめんなさい！　もう二度と勝手なことはしませんっ」

わんわん泣きながら、何度も老人に謝罪する。

グランも頭が冷えたのか、ゆっくり立ち上がると優しくセシルの頭を撫でた。

どうやら、更なる悲劇は回避できたようだ。私はほっと安堵し、思わずその場に座り込んでしまった。

🐾 🐾 🐾

テーブルの上に、コトリと仮面を置いた。

セシルの隣にはグランが座り、それと向かい合うようにして私とクルトが、カレンは私の斜め横に座っている。

「これは……？」

グランが小さく言った。

「セシルさんはこの仮面が欲しいとのことでお店にいらっしゃいました。買った屋台を教えると言ったのですが、この配色の仮面はもうないとのことで、どうしてもゆずってほしいと」

改めてグランに事のあらましを説明すると、彼は少し悲しそうな顔で仮面を見下ろした。

「お前の孫が逆上して風を起こして店をめちゃくちゃにしたので、カレンが魔法を使ってそれを止めた。そこで死にかけたそこのガキを、サラが助けたんだ。じい、お前は頑固だが、道理が分からない男ではないな？」

不機嫌そうにしながらも、クルトの『じい』呼びが戻っていることに私は少しほっとした。

グランは一度目を閉じると、何かを考え込むように黙り込んだ。

そして目を開けると、彼は目を伏せたまま語り始めた。さっきまでとは、まるで別人のような切ない顔だった。

「おそらくセシルは、この仮面を私の妻の形見に似ていると思ったのでしょう」

「形見？」

「私の妻はユニコーン族で、風を操る力が強く目もこの子と同じ色でした。セシルはその性質をよく受け継いでいる」

「お前の妻は確か……」

言いづらそうに、クルトが呟く。

「はい。アルゴル戦線の折に、敵の襲撃に遭い……」

「ユニコーンには珍しく勇猛果敢の将であったな」

私は驚いた。

セシルの祖母は、戦争で戦って亡くなったらしい。

アルゴルとは確か、グールが住む土地のはずだ。セシルの祖母は、グールと戦って亡くなったということなのだろう。

「ありがたきお言葉。妻も天つ国で喜んでおりましょう」

グランは力なく礼を言うと、視線を仮面へと戻した。

すっかり言葉に力がなくなってしまったグランに対して、クルトが先を促す。

「それで、形見というのは？」

「はい。私がまだ公爵などではなく一介の吸血鬼であった折、街の屋台でこれと似た仮面を買い、彼女に贈ったのです。妻はそれを、死ぬまで大事にしておりました。もっと高価なものを買ってやると言ったのですが、これがいいのだときかず……」

当時のことを思い出しているのか、グランは口元に苦い笑みを浮かべた。

厳格なイメージのあったグランが、なんだか一回り小さくなったように思えた。初めて会った時に感じられた気迫が、すっかり弱まっている。

長寿であろうと、壮健であろうと、人と同じく魔族にも死は平等に訪れる。

それを改めて感じさせられた。

人の死を悼むことに、人と魔族の別などないのだということも。

「……でも、その仮面を僕がうっかり壊しちゃったんだ。だからどうしても、代わりの仮面がほしくて……」

セシルが泣くのを堪えるようなか細い声で、肩を震わせながら言った。

きっと彼は、その罪悪感に苦しめられていたのだろう。

「気にするなと言っただろう」

グランが力なく言う。

だがその辛そうな様子に、私はどうしても代わりの仮面を欲しがったセシルの気持ちが分かってしまった。

誰だって、自分の大切な人に悲しんでなどほしくない。

自分が原因だったとしたらなおさらだ。

「それでわざわざ、城下の屋台の仮面を欲しがったのか」

納得したようにクルトが言う。

私はテーブルに置かれた仮面を見下ろした。

「あの」

気づけば、私は口を開いていた。

「よければ、この仮面はセシルさんに差し上げます」

「いいの⁉」

私の言葉に、セシルが身を乗り出してくる。

「ええ。ですがきっと、これではおばあさまの形見の代わりにはならないと思います」

「え？」

「その形見の仮面についていた羽根飾りは、元はグランさんの仮面についていたものなのではありませんか？」

セシルの目の色と同じ、空色の羽根飾り。

穴から覗く目の色と羽根飾りの色が同じだと、目の色が目立たなくなってしまうと店の売り子も言っていた。意中の相手の目の色の羽根飾りはどうか、とも。

そして、羽根飾りを交換したら、永遠に幸せになれるという伝説。

だからこそ、セシルの祖母は古い仮面を大切にしていたのではないだろうか。羽根飾りをグランと交換したただ一つの仮面を。

私の考えを証明するかのように、グランがゆっくりと頷く。

「そうだ。私たちは羽根飾りを交換した」

セシルは、テーブルに置かれた仮面に目をやる。

意匠が同じでも、作り手が一緒でも、この仮面は彼の祖母が大切にしていたという仮面とは別物だ。

羽根飾りを交換したという思い出こそ、彼の祖母が大切にしていた理由だと思う。

するとセシルは、その空色の瞳からぼろぼろと大粒の涙をあふれさせた。

「じゃあもう、戻せないの？　おばあちゃんの大切な仮面、ぼく、ぼく壊しちゃった。おじいちゃんごめんなさい。うわーん！」

セシルは号泣した。

気を張っていたのが解けたのだろう。出会ってから今が一番幼く見える。

そんな己の孫を、グランは抱きしめた。

「いいんだよ。お前の存在そのものが、私たちの宝物なのだから」

愛した女性と同じ空色の瞳。それをまっすぐに見下ろしグランは言った。

「お前の父は、私に似ているだろう。妻が死んでもうその色を見ることはないと思っていた。けれどお前が生まれてきてくれた。私がどれだけ嬉しかったか。大丈夫、お前のお祖母様(ばあさま)は許してくれるさ」

その優しい声に、セシルは一層大泣きした。

無事に話がまとまってよかったと、私とカレンは視線を合わせて頷きあった。

「――ところで」

そこに、クルトが口を開く。

彼は懐(ふところ)から、紫色の石を取り出した。紫晶貨だ。

店を滅茶苦茶にされる前のやり取りを完全に忘れていた私は、そういえばセシルがこの紫晶貨で仮面を贖(あがな)おうとしていたのだと思い出した。

さすがにこれには、グランも驚いたようだ。

「こ、これは？」

「お前の孫が、これで仮面を売ってほしいと言ってきたのだ。甘やかすのはいいが、少し世間を知らなすぎなのではないか？」

グランは呆気にとられた顔をした。

感動の場面が、一気に現実に引き戻される。

「セシル！　お前は何を考えているっ。お前が生まれた時に贈った大切な紫晶貨じゃないか！」

それは雷が落ちたような怒鳴り声だった。

近くにいるだけで体が震えるような怒声だ。それを真っ向から向けられたセシルはさぞかし恐ろしいに違いない。

「だ、だって、それはすごい大きなお金だって教師が教えてくれたから、何でも買えるとおもったんだー！」

セシルは先ほどよりも更に大きな声で泣きわめいた。

これには思わず、私もカレンも笑ってしまった。

ひどく疲れた笑いではあったが。

こうして、カレンの食堂を巻き込んだ仮面事件は、一応の解決を見たのだった。

🐾 🐾 🐾

部屋の空気が重い。

報告にやってきた枢機卿は、その空気の重さに震えていた。

「どうしてこうなるのだ！」

グインデルは、苛立たし気にマホガニーの机に拳を叩きつけた。

固いはずの木材にくっきり拳の痕が残る。それを見ていた枢機卿は、恐怖に息を呑んだ。

グインデルがどうして苛立っているのかと言うと、その原因は現在ミミル聖教会を取り巻く環境にあった。

聖女を擁し多額の寄付で潤っていたミミル聖教会は現在、聖女の不在と新しく聖皇に就任したグインデルの横暴によって、衰退の一途を辿っていた。

まずは聖女サラがいなくなったことによって、単純に治療を求めてやってきた人々に癒しを行うことができなくなった。

ミミル聖教会にとって聖女の行う癒しは外交上大変有利なカードであり、どんな権力者もミミル聖教会に強く出ることができなかった。

病気にも怪我にもならない人間などいないからだ。

ところが、聖女がいなくなったことでそれができなくなった。

最初は偽の聖女を立ててお茶を濁していたグインデルだったが、治療を受けても完治しないとなればすぐに怪しまれる。

なので予定通り聖女サラを魔族と通じた魔女として公表したが、これは逆にミミル聖教会自体が魔族と通じているのではないかという疑いをもたれ、事態の悪化を加速させた。

こうして有力な信徒は一人二人と減っていき、当然寄付金も大幅に減った。

贅沢(ぜいたく)ができなくなった神官や神殿騎士の中には、グインデルの横暴に恐れをなして逃げる者すら出てくる始末だ。

更に、もともとミミル聖教会をよく思っていなかったユーセウス王室が、これを機にミミル聖教会に圧力をかけ始めた。

そもそも現在のユーセウス王は、ミミル聖教会に対して否定的な人物であったことも災いした。

これまでミミル聖教会は、税制面などにおいてかなりの優遇を受けていた。王室に対して無茶を言っても、それが通ってしまう環境があった。

ユーセウス王室は、長年苦汁を嘗めさせられてきたのだ。

それはミミル聖教の信徒が大陸中におり、教会がユーセウス王以上に諸外国への影響力を持っていたことが理由だった。

そんな状態が今、崩れ始めている。

二百年の長きに渡り、聖女を保護することで栄華を誇ってきたミミル聖教会である。

勿論ゴシップですぐさまどうにかなるなどということはないが、グインデルは思うままにいかない状況に日々苛立ちを募らせていた。

「こうなれば、もっとだ。もっと力が必要だ」

グインデルはそう言うと、身をすくめていた枢機卿に命じた。

「魔族にもっと生贄を献上しろ！　力を得てあの生意気な国王を滅ぼしてくれる」

あまりにも過激なグインデルの言葉に、今まで諾々と従ってきた枢機卿もさすがに頷くことはできず、悲鳴じみた声を上げた。

「で、ですが！　秘密裏に奴隷を買い入れるのは既に限界です。王家も怪しんでいるようで、国家間の荷物の輸送も見張られています！」

現在ユーセウス聖教国では、奴隷の所有が禁止されている。

グインデルが黒門を通して送っていたのは、奴隷の売買が禁止されていない異国からの輸入品だった。今までは荷物の移送に関しても多大なお目こぼしをされていたミミル聖教会だったが、反聖教会の国王によって税関に新たな責任者が配置されたのだ。それによって奴隷を買い入れることも簡単ではなくなってしまった。

グインデルは歯噛みする。なにもかもうまくいかない現状が気に入らないのだ。

「黙れ！　奴隷が手に入らないのならその辺の孤児でもなんでもつれてこい！　うちが管理している孤児院から連れてくればいい」

「そ、そんな！」

動揺する枢機卿に、グインデルは言葉を重ねた。

「口答えなぞできる立場か？　別にお前の家族をあちらに送ってもいいのだが？」

教義で姦淫を禁じているとはいえ、それを破っている神官は少なくなかった。

この枢機卿もそのうちの一人であり、妻が二人と子が三人、王都に住まわせ贅沢な暮らしをさせていた。

枢機卿はごくりと喉を鳴らす。

共に悪事を働いているからこそ、グインデルが一度決めたら本当にやると、彼は知っていた。

「……分かりました」

そう言って、枢機卿は逃げるように部屋を出て行った。

あとに残されたのはグインデルただ一人。

グインデルは部屋の明かりを消した。最近では暗くてもよく見えるので、そもそも明かりが必要ないのだ。

むしろ、日の光を見ると苦痛に感じる。彼は暗闇を好むようになっていた。

「あの娘に黒門のことを知られてから、何もかもがうまくいかん！」

グインデルは机にのっていた書類や文鎮を払い落とし、何度も机を叩いた。机は悲鳴を上げ、ついには亀裂が入ってしまった。

かつては冷静に悪事を行うことのできたグインデルだが、魔族との取引により不相応な魔力を手に入れたことで、人格そのものが変わってしまっていた。

苛立ちを覚えることが多くなり、感情の歯止めが利かなくなった。枯れ木のようだった体は筋骨隆々となり、今では神殿騎士すら簡単に吹き飛ばしてしまう。

一方で精力も盛んになり、絶えず女を求めるようになった。

最初の頃は高級娼婦を呼んでいたのだが、暴力をふるってなぶり殺しにしてしまったのも一度や二度ではない。

挙句の果てには、もう派遣できる娼婦はいないと言われてしまった。

グインデルが今の自分を客観視することができれば、己こそが化け物のようだと感じたことだろう。

だが、今の彼からはそんな冷静さすら失われていた。

暗闇でその目が爛々と輝き、凶暴な色を宿している。

「見ていろよサラ。儂の野望は誰にも邪魔させん！」

彼は自ら放逐した聖女の名を叫び、獣のように吠えた。

閉ざされた扉がびりびりと震え、警備をしていた神殿騎士たちは震え上がったのだった。

第四章　謝肉祭

結局、私が買ってきた仮面はセシルに譲ってしまった。

強いこだわりで選んだわけではないし、それならばセシルが持っていた方がいいと思えたのだ。

一緒に買いに行ってくれたフレデリカには申し訳ないが、優しい彼女ならばきっと分かってくれるだろう。

セシルはグランによって連れ帰らされ、ちょうどそのタイミングでゴンザレスが帰ってきたので四人で夕食を取ることになった。

店内の様子にゴンザレスは驚いていたが、什器（じゅうき）や店の修繕費についてはグランが弁償することになっていると話すと安心していた。

その時に聞いたのだが、この食堂はカレンとゴンザレスが冒険者を引退した時にお金を出し合って建てたお店なのだそうだ。

どちらも排他的な種族であるため、伴侶（はんりょ）を故郷に連れて帰ることはできない。ならば王都に二人でずっと暮らそうと決めて、建てたのだという。

私はこの話を聞いて、とても素敵な話だと思った。

私から見ると二人は十分に幸せそうで、種族の違いなど問題ではないと思わされる。

カレンもゴンザレスも、互いの違いを受け入れて尊重し合っている。結局大切なのは同じ種族かどうかということではなく、互いにいたわり合うことができるかということなのだろう。

「そういえば、どうしてあの仮面の羽根飾りがじいと交換したものだと分かったんだ？」

食事中、ふと気になったらしくクルトに尋ねられた。

私が屋台の売り子が言っていた販売文句の話をすると、彼は納得したように頷いていた。

そしてなぜか、遠い目をして言った。

「今でも羽根飾りを交換などするのだな……」

「え？」

クルトの呟きは私に向けられたものではなく、どうやら独り言のようだった。何でもないとばかりに、彼は左右に首を振る。

「俺たちも交換したぜ。なあカレン」

「ええ。今も大切にしてるわ。ダーリン」

カレンとゴンザレスは、二人そろうといつでも熱々だ。

普段一緒に住んでいる分には微笑ましいのだが、クルトも一緒にいるとなんとなく面映ゆい気持ちになって、思わず俯いてしまった。

「なあサラ」

クルトに話しかけられ、顔を上げる。

「はい？」

「謝肉祭の日の予定は？」

「その日は、昼間はお店を手伝って夜は広場をちょっと覗きに行こうと思ってます。少しでも、気分を味わえたらと思って」

ただ、フレデリカは家族と過ごすそうなので、残念ながら一人きりだ。

カレンとゴンザレスは一緒に行こうと言ってくれているが、二人の邪魔になるような気がして気が引ける。

「なら、俺と出かけよう。仮面も今日の詫びに俺からプレゼントさせてくれ」

思わぬ申し出に、思わず首を左右に振ってしまった。

「そんな。クルトさんには助けていただいたのに、お詫びだなんて……」

「まあ、なんだ。グランは俺の側近だ。そして部下の失態は俺の失態だからな」

だからと言って私に償おうとするなんて、クルトは責任感が強いのだなと感じた。

一方で、向かい合うカレンとゴンザレスはにやにやと笑みを浮かべてこちらを見ている。

「失態、失態ねぇ」

「ちょっとダーリン。邪魔しちゃだめよ。やっと誘えたんだから」

二人でなにやらごそごそ言っているが、いちゃいちゃしているようにしか見えない。

「ええと、お忙しいのでは……」

基本的に、クルトはいつも忙しい。

一国の王であるのだから当たり前だ。

むしろ、森の中で拾ったというだけでたまに会いに来てくれるのは、面倒見がよすぎるとすら思う。

昔馴染みのカレンやゴンザレスに会いに来ているだけかもしれないが。今日助けてくれたのも、ゴンザレスに会いに来たとのことだった。

前回も助けてもらってしまったので、会うたびに迷惑をかけている気がして、なんだか申し訳ない気分だ。

「忙しくなんてない」

クルトは清々しく言い切った。

彼がそう言うのなら、お祭りの日は王様もお休みなのかもしれない。

「でしたら、ご一緒していただけると助かります。一人で出歩くのはまだ慣れていないので……」

厚かましいかとも思ったが、私はクルトの誘いを受けることにした。

慣れていないのは本当だし、治安のいいツーリとはいえ、流石に夜一人で出歩くのは危険だからだ。

なにより、いつ会えるか分からないクルトとの約束に、私は浮かれていた。

「よかった」

クルトが満面の笑みを浮かべたので、それにつられて私も笑顔になった。

こうして、その日の夕食は和（なご）やかに過ぎていったのだった。

🐾　🐾　🐾

いよいよ謝肉祭がやってきた。

当初の予定通り、私は朝からサラの食堂を手伝い大わらわだった。

この日に修繕が間に合ったのは幸いだった。グランがすぐさま職人などを手配してくれたおかげだろう。破損した什器も代わりのものが補充され、それどころかより質のいいものになった。

お店がまた営業できるようになって、カレンも上機嫌だ。

お祭りを見物するために周辺の街からも人が集まっているらしく、お店を開けるとすぐにお客さんでいっぱいになった。

常連さんには再開のお祝いを言われ、カレンのお店がいかに人々に愛されているか分かり私も嬉しかった。

勿論新しいお客さんも大歓迎だ。

料理のおいしいカレンの食堂はお客さんの切れ間がなく、お皿をいくら洗っても追いつかないほどだった。

お祭りの日程は三日間で、最初の二日は毎日夢中で働いて、仕事が終わるとすぐに眠ってしまうという生活だったので記憶さえ曖昧だ。

三日目の夕刻には、もうふらふらになっていた。

それでもクルトと一緒にお祭りに行けると思うと、嬉しくて疲れも吹き飛んだ。

仮面は屋台で買った値段でセシルに売ったので、そのお金でワンピースを買った。もっと吹っ掛ければいいとカレンには言われたのだが、祖母の思い出の品に似ているから買いたいというセシルに高値で売りつけるのは抵抗があった。

それに自分で頑張って働いたお金で買ったからこそ意味があるのであって、セシルから沢山お金を受け取って贅沢をしたいわけではなかったのだ。

そういうわけで、仕事を終えた私は身支度をしてクルトを待つことになった。

食堂は早めに店じまいである。カレンとゴンザレスの二人は、いつもの熱愛ぶりで連れだって出かけて行った。

クルトが迎えに来るまで一緒に待ってくれると言われたのだけれど、せっかくの休みなのだから二人にも楽しんでほしいと私が送り出したのだ。

日が暮れても、街のあちこちに明かりが灯されまるで昼のような賑わいだった。

月が高く昇っても、クルトはまだやってこない。

私は不安に思いつつ、自室の窓からぼんやりと街の様子を眺めていた。

🐾　🐾　🐾

普段は誰もが寝静まって静まり返る時間になっても、外から賑やかな声が聞こえてくる。

お祭りは終わりが近づいているのか、街の中心にある公園広場からぽつぽつと人が帰っていくのが見えた。

はしゃぎつかれたのか、親の背に負ぶわれて眠っている子供もいる。

道を歩く人々は、本当に仮面をつけていた。

あらかじめ聞いていたとはいえ、実際にこの目で見るとやっぱり不思議な光景だ。

約束の時間になっても、クルトは来なかった。私は一人、じっと彼が来るのを待ち続けている。

お祭りはもう終わってしまったのだろうか。

公園広場の方向に目を凝らしながら、ため息をついた。

クルトが忙しいのは分かっていたことだ。突然なにか事情が変わったのかもしれない。

お祭りに行けなくても、がっかりするのはよそうと思った。クルトは私を考えて約束をしてくれた。実際に行けなかったとしても、その気持ちだけで十分だ。

そう思うのに、部屋を真っ暗にして窓の外の明かりを見ていると、どうしても悲しい気持ちになってしまうのだった。

私も本当だったら、あの明かりの中にいたのに。

ふと渇きを覚え、水を飲むために一階に下りようと窓から離れた。すると扉のノブに手をかけたところで、背後から窓を叩くコンコンという音がした。

私は以前グランがやってきた時のことを思い出し、慌てて振り返った。

窓の外にいたのは蝙蝠ではなく、クルトだった。

私は驚き、慌てて窓を開けた。急いで来たのかクルトは髪を乱し、眉を下げてとても申し訳なさそうな顔をしていた。

「遅くなってすまなかった」

窓を開けたはいいが、クルトの体は窓枠を潜り抜けるのには大きすぎた。

どうしようと思っていると、クルトの方が私に手を差し伸べた。

「遅くなった詫びだ」

クルトがそう言うので、私は不安に思いつつもその手を取った。

窓から引っ張り出され、屋根の上に立つ。いつも見ている光景だけれど、窓の外に立って見るのは初めてだった。

食堂の屋根はうろこ屋根で、落ちるのが怖いので屋根に手をついた。

「大丈夫だ」

クルトはそう言うと、私の手を引くようにして立たせ、自分の体に寄りかからせた。

常にない至近距離のせいか、それともおぼつかない足元のせいか、心臓の音が相手に聞こえてしまうのではないかと思えるほど大きくなった。

だが、そのあと更に驚くようなことが起きた。

まっすぐに立っていたクルトの体が、後ろに傾(かし)いだのだ。

屋根の上だから後ろに寄りかかるような場所などない。このままでは頭から落ちてしまう。私が焦っていると、クルトは私の顔を見て悪戯(いたずら)っぽい笑みを浮かべた。

「俺を誰だと思っている?」

彼の言葉の意味は、すぐに分かった。

クルトの体は何もない空中で静止したのだ。それは彼に寄りかかっていた私も同様だった。

つま先が屋根から離れても、落ちることなく浮かんでいる。

「そうだ。先にこれを渡しておかないとな」

そう言って渡されたのは、金色の羽根飾りがついた白い仮面だった。目の穴の部分は猫のように吊り上がっていて、髭や三角の鼻が描き込まれ本当に猫の顔のようなお面だ。そして縁の部分には細かい宝石が埋め込まれていて、とても華やかな雰囲気である。

私がセシルに譲った仮面と比べると、明らかに高価そうだ。

「本当にいただいていいのでしょうか……」

私が戸惑っていると、クルトは己も仮面をつけて言った。

「セシルとグランからも生半可なものは渡すなと言われている。あの二人のためにも受け取ってくれ」

そう言われては、受け取らないわけにはいかない。

私は大人しくその仮面を被った。

ちなみにクルトの仮面は、銀狼王に相応しい狼を模したものだった。髭の描き込みは私のそれと同じだが、鼻が前に突き出している。羽根飾りは黒だ。

彼は私の手をしっかりと握ると、公園広場の方に目をやった。

「この方が早い」

そう言ったかと思うと、クルトは私を連れてすごい勢いで屋根の上を移動した。飛んだのだ。

フレデリカのように飛べる種族もいることは知っているが、クルトに翼はないので彼が飛べるとは思っていなかった。

何より驚いたのは、彼に手を繋がれているだけの私も宙に浮いているところだ。

それも彼に手を引っ張られているわけではなく、本当にただ繋いでいるだけなのに体が浮いているのである。

クルトの言葉の通り、公園広場まではあっという間だった。

そこには大勢の魔族が集まっていて、皆華やかな服を身に纏い、色とりどりの仮面を被っている。

けれど私の目が最初に吸い寄せられたのは、公園広場に設置された巨大な狼像だった。

おそらく、準備中に私が見たのはその狼像の骨格だったのだろう。

木でできた骨格に銀の布が張られ、銀狼国の名にふさわしい巨大な銀狼の姿がそこにはあった。

そしてその狼は、私がクルトに出会う前に見た狼にそっくりだった。

傷を負っていた白銀の狼。

そして宝石のような黄金の瞳。

私は、狼の仮面を被ったクルトに目をやった。

仮面を被っている今なら、かねてからの疑念を彼にぶつけられる気がした。

「あの時の狼は、クルトさんだったんですか？」

そう思うようになったのは、セシルの暴走から彼が庇(かば)ってくれた時に、頭に現れた耳とふさふさの尻尾を見てからだ。

一度そう思い始めると、白銀色の髪も黄金色の瞳も、クルトはあの狼と同じ特徴だということに気が付いた。

そもそもこの国の名前は銀狼国で、王であるクルトは銀狼王と呼ばれている。

グランのように姿を変える魔物もいるのだから、クルトもそうである可能性は決して低くないだろうと考えたのだ。

なにより、クルトはあの森からこのツーリまで、意識を失った人間を抱えて移動した。

クルトがどんなに体格的に恵まれていようと、人間には不可能なことだろう。

それもまた、彼があの狼だったというのなら説明がつく。

勿論、彼に直接尋ねることに迷いがなかったわけではない。

彼が言わずにいるのなら、知られたくない事情があるのではないか。助けてもらっておいて、彼が知られたくないことに踏み込むのか。

彼を待っている間も、まだ迷い続けていた。

だが思いもよらぬ形で二人きりになり、仮面を被ったクルトを見ていたら、疑問がするりと口から零れ落ちたのだ。

「気づいていたのか……」

ため息をつくような声で、クルトは言った。

「やっぱり、そうだったんですね。でもどうして隠していたんですか？」

眼下に広がる楽しそうな人たちを眺めながら、私たちは話を続けた。謝肉祭は終盤に近づいているのか、子供や老人と思われる人たちが続々と帰り始めている。

「恐ろしい思いをさせた」

クルトの言葉に、私は当時のことを思い出した。

確かにあの時は、訳も分からず巨大な狼の尻尾に埋もれていて、とても驚いたし怖かった。

神殿の地下室で黒門を通った瞬間から、記憶が途切れているから猶更(なおさら)。

門の向こうには人間を食べるような魔物がいると聞いていたし、確かに最初はあの狼こそ先に通った人々を食べたのかと思った。

けれど私が嗅いだ血の匂いは狼自身のもので、彼は安全な場所まで私を運び、そこで倒れたのだ。

「怖くなかったと言ったら嘘になります。でも、無事でよかった……」

私の癒しの力を使っても、狼の傷はなかなか塞がらなかった。

あんなことは初めてだったし、結局は力を使いきって気を失ってしまった。次に目覚めた時、クルトは人間の姿になっていた。

あの狼はどうなったのか、ツーリにきてからもずっと心に引っかかっていた。

だからこういう形でも狼の無事を知ることができて、私はほっとしていた。

「怪我を癒してもらったのに、礼も言ってなかったな」

「そんな！　私の方が沢山助けてもらっているのに」

私は思わず叫んだ。

クルトには深く感謝していたし、むしろこちらの方がお礼などいくら言っても足りないと思った。

そんな私の顔を見て、仮面の奥に見える金色の目が優しくなった。

なんとなくだけど、彼が笑った気がした。

「君は変わらないな」

どういうことだろうと、私は不思議に思った。

そういえばツーリで目覚めた直後にも、クルトは不思議なことを言っていた。

記憶を失う前から、おそらく私はクルトのことを忘れていただろうと。別れたのはずっと昔のことだから、と。

実際に記憶はなくしていないわけだが、それでもクルトのことを思い出すことはできなかった。

そして彼がどうしてそんなことを言ったのかも、未だに分からないままだ。

「そうでしょうか?」

「そうだ」

クルトは嬉しそうに断言した。

私がその言葉の意味を問おうとすると、彼はそれよりも早く繋いでいなかった方の私の手を取った。空中で、両手を繋いで向かい合う形になる。

「ここならば、思う存分踊れるぞ。そのために来たのだろう?」

眼下では集まった人たちが踊っている。

楽団がいるのは確認できるけれど、風の音に消されて音楽までは聞き取れない。

「でも、私は踊れなくて」

結局今日まで、練習もできなかった。

カレンたちには練習するようなものではないと言われたが、突然踊れと言われても困ってしまう。

「大丈夫だ。俺が手伝うから」

その言葉の通り、彼は手を取るとゆっくりと揺れ始めた。

もともと宙に浮いているので、自分の意思であちこち動いたりはできない。私はこわごわと、クルトの動きに従っていた。

思えば、こんなに間近で、しかも長時間クルトと一緒にいるのは、初めてカレンの家に連れてこられた時以来のような気がする。

あの時は完全に疲弊(ひへい)しきっていて寝たり起きたりを繰り返していたし、元気になってからは初めてだ。

クルトと向かい合っていると、仮面をしていても目が合って、嬉しいような泣きたいような、不思議な気持ちになる。

そう言えば、二人で出かけるのもこれが初めてだ。

初めてのダンス。初めてのお出掛け。初めてのお祭り。

何もかもが初めてのことだらけで、体どころかこころまで浮足立って、これが現実なのか夢なのか、分からなくなる。

「クルトさん。私は……」

音楽に合わせてゆっくりと揺れながら、私は口を開いた。

クルトはたった今、あの狼は自分だったと教えてくれた。それなのに、私が隠し事をしているのは不公平な気がしたのだ。

「私は、聖女なのです。ミミル聖教会で、人々を癒す聖女をしていました」

今までずっと、記憶はないと嘘をついてきた。

それは、自分が聖女だと知られたらどんな扱いを受けるか分からなかったからだ。

初代聖女は、その強大な力で魔族を退けたと伝わっている。だがクルトもその魔族なのだ。

聖女そのものが、彼らに敵として認識されていたとしても何もおかしくない。人間側だって、そうして二百年も魔族は敵だと言い伝えてきたほどなのだから。

聖女が魔族たちをも助けていたと知ったのは後になってからだ。

そしてその時にはもう、私の嘘は引き返せないところまで来ていた。

この告白をすると決めた時、私は罵倒を受けるのも覚悟していた。

それでも怖くて、思わず目をつぶってしまったけれど。

まさかこの高さから落とされることはないと思うが、罵(ののし)られたり追い出されたりしてもそれは仕方ないと思った。

命を助けてもらったというのに、嘘をついて騙していたのだ。

クルトのことも、カレンのことも。

こんなにいい人たちだというのに。

だがクルトの反応は、私の想像とは全く違っていた。

「ああ。そうだな」

この返答に、私はぽかんとしてしまった。

「知っていたのですか？」

「知っているも何も――いや、お前は俺の怪我を癒したじゃないか。腹に空いた大傷を」

何のことだろうと一瞬考えて、それが狼を癒した時のことだと気が付いた。

「そういえば、あの傷は大丈夫なのですか？　うまく癒せなくて、あんなことは初めてで……」

聖女をしていた時は、一日に何人も治療するのが当たり前だった。その中には、事故で大怪我をした人だってもちろん含まれていた。

ただ、人間が対象である時は何人治療しても、それほど負担には思わなかった。

力を振り絞るように癒しても、ちっとも傷が塞がらず意識まで失ったのはあの時が初めてだ。

「そうだろうな。俺は魔族の中でも特に魔力の総量が多い。聖女の癒しというのは、要は己の魔力によって相手の失われた魔力を補う治癒術だろう。俺の欠けた魔力を補填しようとしたのだから、気を失ったのは当然だ。むしろ全然目を覚まさないから、俺の方が焦った」

クルトの説明に、私は茫然とした。

人間にとって、聖女の癒しは奇跡だった。基本的に聖女しか使えないし、どういう原理なのかも解明されていない。

いや、そもそも原理なんて考えすらしない。

人の理解の外にある現象だからこそ、奇跡と呼ばれているのだから。

「では、魔族の中には他にも癒しが行える方がいるのですか？」

私の問いに、クルトは小さく頷いた。

これは私にとって、とても驚くべきことだった。

しかし、クルトの説明には疑問点も多い。

「ですが、人間には魔力などありません。どうして私は人を癒すことができるのでしょう」

「人間にも、ごく微量だが魔力は存在する。その魔力を用いて生命活動を行っているんだ。怪我や病によってそれが衰えれば、当然命の危機となる。それを補ってやれば、相手を癒すこともできるだろう」

「魔力があるのなら、人間も魔族なのではないですか？」

そう問えば、クルトは少しの沈黙の後、苦笑した。

「そう言えないこともないな。あいつらは認めないだろうが」

私は少しだけそうなったところを想像してみた。

だが、確かに人間は自分を魔族とは認めないだろう。

私だって、話している相手がクルトでなければ、なかなか信じることはできなかったかもしれない。

「自分たちも魔力によって生きているのに、人は魔族を認められないのですね」

「仕方のないことだ。誰でも自分の理解できないものは恐ろしい。俺たちは魔力をこの目で見ることができるが、人間はそうではないのだ。魔族と魔物の区別もつかないのだから、怯えるのは当然のことだ」

魔物というのは、魔法を使うことのできる動物を言うのだそうだ。

言葉が通じないので、魔族の間でも時折魔物の暴走が問題になったり、大規模な討伐が行われているとフレデリカに聞いた。

それにしても、クルトの言動はどちらかというと人間に同情的に聞こえる。

「クルトさんは、人間を恨んでいないんですか？　初代聖女は、その力で魔族を打ち払ったというのが人間の国に伝わる伝説です。勿論魔族も救ったかもしれませんが、彼女がした事実は消えないのに」

私の問いに、クルトは答えなかった。

正しくは、答えられなかったのかもしれない。

仮面の奥で、金色の瞳が揺れた。彼が言葉に詰まったのが分かった。

私の手を握る力が強くなる。その理由が、私には分からなかった。

「恨んだりするはずがない！」

彼は私の手を引っ張ると、その両手で私の体を抱きしめた。

突然の行動に驚いて、私は硬直してしまった。白銀色の美しい髪が、私の頬をちくちくと刺す。

クルトの態度の意味を、その時の私は全く知らずにいたのだ。

深夜になり、広場の人はさすがに減り始めた。

それでも未だに明かりが煌々と焚かれ、音楽は鳴りやまない。

クルトは私からゆっくりと体を離すと、おもむろに己の仮面を外した。闇の中にぼんやりと、クルトの真剣な顔が浮かび上がっていた。

クルトは己の仮面から羽根飾りを外すと、その飾りを私の前に突き出した。

「どうかこれを受け取ってほしい」

先ほどから驚かされてばかりいるのに、この申し出にはより一層驚かされた。同時に、顔が熱くなる。

羽根飾りを交換した恋人たちは、永遠に結ばれるという。

カレンからその伝説を聞いた時、クルトと交換するなんて絶対に無理だと思った。私は彼にとってただ助けただけの相手にすぎないからだ。

それに私自身、自分がクルトをどう思っているのかよく分からなかった。

彼を思うと苦しくなる。会えないと会いたくなる。

けれどどうしてそうなるのかが分からない。最初にあった時から、どうしてかそうなのだ。彼の

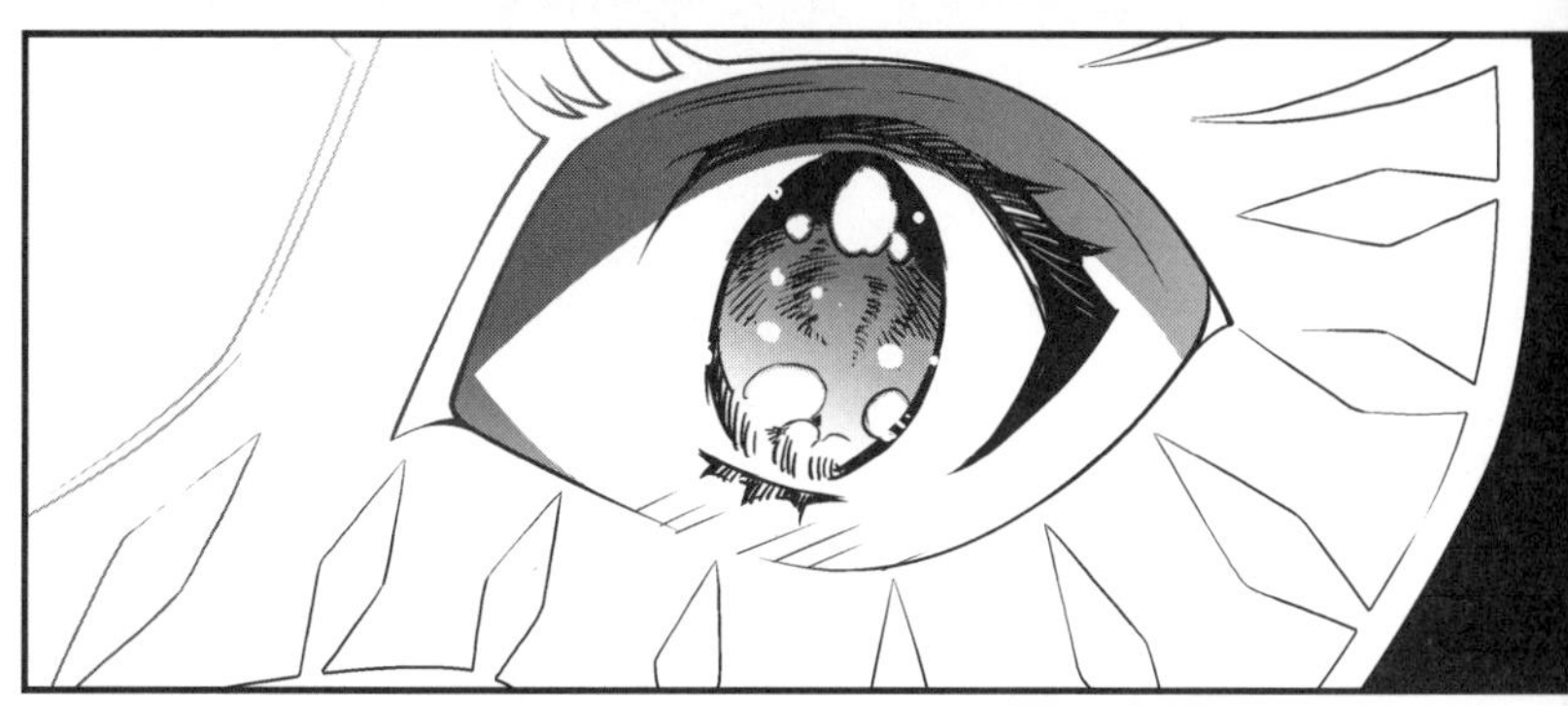

人となりを知るずっと前から。

だから、こうして一緒にお祭りに来れたことは嬉しい。

でも、だからと言って自分がクルトと恋人になりたいのかと言われると、それは分からない。

そもそも教義で姦淫を禁止されていたから、恋愛なんて自分には無縁だと思っていた。

「だめだろうか……?」

私の沈黙を拒絶だと受け取ったのか、クルトが悲しそうな顔をした。

その姿は、まるで大きな犬が項垂(うなだ)れているようだ。

それを見て私は思わず、自分の仮面から羽根飾りを外してクルトに差し出した。

けれどクルトのように、仮面を外すことはできなかった。動揺で、きっと今の私はひどい顔をしているはずだからだ。

クルトは私の羽根飾りを受け取って嬉しそうに笑った。

「ありがとう。大切にする」

その言葉には、喜びが溢れていた。

私にもクルトを喜ばせることができるのだと思うと、ただでさえうるさい心臓が更に大きな音を立てた。

私もクルトの羽根飾りを受け取り、それを見つめた。宝石の飾りがついた羽根飾りは、屋台のそれと違ってまるで芸術品のように見えた。

よく見ると、宝石部分にチェーンのようなものまでついている。わっかになっていて、ちょうどペンダントのような形だ。

「それをいつでも身に着けていてほしい。悪いものから君を守ってくれるはずだ」

クルトの言葉に従い、私はそれを首から下げた。チェーンが長いので、仕事の最中も服の中に隠すことができそうだ。胸元を羽根飾りがくすぐる。

「お守りですか？」

「ああ。そもそも羽根飾りは、互いの健康を祈って交換するものだろう？」

クルトの何気ない言葉に、私は固まってしまった。

そんな私の反応などお構いなしで、クルトが言葉を続ける。

「俺も昔、交換したことがあるんだ」

その言葉に、私の心臓がきしんだ。

「そ……うなのですか。健康は大事ですものね！　きっと相手の方もお元気で――」

混乱のあまり、私はよく意味の分からない返事をしてしまった。

私の言葉にクルトは答えず、ただ寂しそうに笑うだけだった。

その表情の理由を、私は問うことができなかった。というか、それどころではなかったというのが正しい。

私の中に、猛烈な羞恥心が込み上げてきていた。

クルトは私にお守りを渡そうとしただけで、恋愛の意味で羽根飾りを交換したかったわけではなかったのだ。

思い返してみれば、グランが奥方と羽根飾りを交換した話をした時も、伝説の説明にはならなかった。それはあの場にいる誰もが、前提条件として伝説を既に知っているだろうという共通認識があったからだ。

「あの……クルトさん」

「ん？」

「……いえ、何でもないです」

かつて羽根飾りを交換した相手のことを聞こうとしたけれど、できなかった。

思ってもみない展開に、私はただただ疲れ果てるばかりだった。

そして羽根飾りを交換する意味について、私から本当のことを言えるはずがない。知られたら私は、恥ずかしさのあまりどうにかなってしまいそうだ。

上機嫌なクルトとは対照的に、私は仮面の下で羞恥心と戦っていた。

こうして初めての謝肉祭の夜は、混乱の内に更けて行ったのだった。

謝肉祭の翌日から、ツーリの街は普段通りの生活を取り戻した。

といっても、翌日は多くの店が閉まっていたし、開いていたとしても、二日酔いで開店休業状態のお店も多かったようだ。

だが冒険者ギルドはそうもいかないようで、ゴンザレスはいつものように朝早く出かけて行った。

カレンはというと――。

「気持ちわる……」

朝からぐったりとしていて、かなり早い段階から食堂は休みにすると宣言していた。

私が井戸から汲んできた水を、文字通り浴びるようにして飲んでいる。

二日酔いのせいもあるだろうが、ウンディーネという種族は人間よりもたくさんの水が必要なようだ。

「ごめんね。普段なら自分で水を作り出せるんだけど、今はうまくいかなくて」

「大丈夫です。ゆっくり休んでくださいね」

水を運ぶために何度も井戸を往復したので、カレンは恐縮していた。

「それで、昨日はどうだったの？」

水運びがひと段落したので掃除を始めようとしていると、テーブルにうつ伏せになっていたカレンが声をかけてきた。

手を止めて、私は首を傾げる。

「どうって……」

「ちゃんと送ってもらった？　私たちが戻った時にはもう眠ってたから、起こさないでおいたんだけど」

カレンたちの帰宅は随分と遅かったようだ。

普段は仕事もあって一緒にいられないので、久しぶりの二人の時間を満喫したのだろう。

「ちゃんと家まで送ってもらいましたよ」

嘘は言っていない。ちゃんと送ってもらったのも本当だ。送ってもらったのは、窓の前までだったけれど。

「それでどうだった？　羽根飾りは交換したの？」

カレンは気だるそうにしながらも、顔に好奇心を浮かべて問うてきた。

私は昨日の出来事を思い出し、返答に困った。

確かに交換したのだが、あれを交換したと言っていいものなのかと。

返事の代わりに、私は襟からペンダントを取り出した。クルトの言う通り、確かに肌身離さずつけていた。

「へえ！　羽根飾りをペンダントにするなんて、あいつも気が利くようになったじゃない！」

カレンは感心しているようだった。

そう叫んだあと、頭に響いたのか自分のこめかみをおさえている。

「あの、でもクルトさんは羽根飾りを交換する意味を取り違えているらしくって」

「え？」

「交換すると、お互いに健康に過ごせるからだそうです……」

昨日のことを話すのに、私はどんな顔をしていいのか分からなかった。

羽根飾りを貰ったのは純粋に嬉しい。お守りだと言っていたし、私を気遣ってくれて純粋にありがたいと思う。

けれど同時に、私は自分の気持ちを直視しなくてはいけなくなった。

クルトが最初に羽根飾りの交換を申し出た時、私は驚きながらもそれを受けて自分のそれを差し出した。

つまり私は、クルトと恋人同士になりたいと思っていたということだ。

今まで、恩人によこしまな思いを抱くなんてと抑え込んでいた気持ちが、恋であると自覚してしまったのだ。

次に会う時には、一体どんな顔をして会えばいいのだろう。その時には、ずっと仮面を被っていたいとすら思う。

私の言葉を聞いて、カレンは虚を突かれたような顔になった。そしてしばらく何を言うか迷っていたようだが、やがて大きなため息をついた。

「ああ、確かにそうかも」

「え？」

カレンの返答は、予想外のものだった。

「そう言えば昔、あいつがそう言われて羽根飾り交換してるところ見たわ。あいつ、今もそれを信じてたのね」

これには私の方が驚いてしまった。

それでは、クルトがかつて羽根飾りを交換した相手を、カレンは知っているということになる。

「それはどなたですか？」

私は思わず聞いてしまった。

かつて羽根飾りを交換したという相手のことを、気にならないはずがない。たとえその理由が健康のためだったとしてもだ。

だが勢いよく聞き返した私に、カレンはしまったという顔をした。

どうやらこの話は、私にするつもりではなかったようだ。

酷い二日酔いで、彼女も思考能力が低下しているのだろう。

「そ、それよりお祭りはどうだったの？　初めてだったんだろう？」

カレンは露骨に話題を変えようとした。

「話をそらさないでください。お願いします！　どうしても知りたいんです」

私の必死の訴えに、カレンはあからさまに困ったような顔になった。

それはそうだろう。

そもそも話さないつもりだったことを、うっかり口にしてしまったのだから。

しばらく私とカレンの間で、無言の攻防が続いた。

彼女の目をじっと見つめる。

しばらく泳いでいたその視線は、やがて諦めたかのように私の方を見た。

「知らない方がいい。後悔するよ」

それは先ほどまでと同一人物とは思えないほど、真剣な声音だった。

私は少したじろいだ。

だが、知らないままずっと気にし続けるなんて無理だ。こんなもやもやを抱えたまま、クルトと今まで通りに付き合うなんてできないと思った。

私が深く頷くと、カレンは疲れたように笑った。

「全く仕方ないね。サラは頑固なんだから」

そんなやり取りをしているさなか、臨時休業の札を下げていたはずの扉が勢いよく開いた。

「ごめんね～。今日は休みなのよ」

間髪容れず、カレンが来客を断る。

誰がやってきたのかと、私は扉に目をやった。

そこに立っていたのは、息を切らしたセシルだった。

「セシルくん⁉　なんでここに……」

セシルはクルトの側近であるグランの孫だ。

謝肉祭の仮面を譲ってほしいとこの店に来たのだが、かなりの世間知らずでグランからも注意を受けていたようだった。

なのにどうして再びこの店にやってくることになったのだろう。それも、ひどく慌てている。

「た、大変だ！」

そう叫んだセシルの後ろには、護衛らしい男性が数人ついていた。全員が冒険者のような防具を着こんでいて、まるでこれから任務に出かけるところのようだ。

明らかな異常事態に、私は家主であるカレンの表情を窺った。彼女は二日酔いでふらふらになっていたのが嘘のように、まっすぐに背を伸ばし真剣な顔つきになった。

「落ち着いて。一体なにがどうしたんだい？」

「ま、まずはお祖父様からの手紙があるんだ。あなたに」

そう言って、セシルは私に一通の手紙を差し出した。

セシルの件を通じて多少改善したものの、グランは私のことを嫌っていたはずである。当然個人的に手紙をかわすような交流はないので、突然の手紙に驚きを隠せない。

「これを、私に？」

尋ねると、セシルはこくりと頷いた。

そしてその手紙には、驚くべきことが書かれていた。

ここで、時は少し遡る。

謝肉祭に湧く王都ツーリを眼下に望む、銀狼王の居城。通称、銀の城。

サラとの約束を守るため城下に降りようとしていたクルトは、アルゴル領に送り出した密偵からの連絡が途絶えたという報せをグランから知らされた。

若き王は険しい表情を浮かべている。

「ついに来たか」

この知らせを半ば予想していたクルトは、思い過ごしであればいいと願っていたことが現実になったことを知った。

そもそもグールが住むアルゴル領は、銀狼国の中でも特殊な土地である。

連なる山脈によって区切られた空は、年間を通して曇っていることが多く別名霧の国とも呼ばれている。

グールは基本的に知能の低い魔族とされ、凶暴ではあるがかつてはそこまで危険視されてはいなかった。

彼らがアルゴル領内のみと行動を制限されるようになった理由は、約二百年前にまで遡る。

グールの中の一個体に突然変異が起こり、強靭な肉体と高い知性を獲得したのである。その個体こそ、アルゴル領の王と呼ばれるボルボロスであった。

ボルボロスは能力でこそ他のグールと一線を画していたが、その性質はグール族らしく凶暴な上にきわめて残虐であり、知性を持つゆえに人にも魔族にも大きな被害が出た。

このことを憂いたクルトは、困難な戦いの末にボルボロスを封じ、グール族をアルゴル領内に閉じ込めたのである。

クルトがまだ王位を継ぐ前の話だ。この功績によって、複数いた王位継承者の中でクルトが次期国王に選ばれたともいえる。

それまでの彼は、王の血こそ引くものの自由を愛する冒険者であった。

以来長い間、クルトは絶えずアルゴル領の状態に気を配っていた。

なぜならボルボロスを封じ込めたとはいえ、当時の彼の力をもってしても完全に打ち滅ぼすことができなかった相手だからである。

「もう二百年になりますか……」

グランの低い声音に、鬼気迫る顔をしていたクルトは顔を上げた。

クルトにとって、ボルボロスは因縁の相手だった。この世で最も憎く、そして辛酸を嘗めさせられた敵であった。

ボルボロスを封じるために、クルトは当時共に旅をしていた仲間の一人を失ったのだ。

「完全に復活する前に、今度こそ完膚なきまでに打ち滅ぼすのだ。もうなにも奪わせはしない」

強い力を込めたクルトの拳は、震えて白くなっていた。

金色の瞳に獰猛な色が宿る。眉間に皺が寄り、口元からは牙が覗いた。

サラといる時の彼とは、全く別人のようである。

「あの娘は、どうするのです？」

グランの問いに、クルトの顔からは表情が抜け落ちる。

「何が言いたい？」

「連れて行くのですか？　あれの力は、ボルボロスを倒すのに役立ちま――」

それ以上、グランは言葉を続けることができなかった。

つかつかと歩み寄ったクルトによって、胸ぐらをつかまれたからだ。まるでサラの部屋に侵入した時と同じように締め上げられ、グランは呻いた。

常ならば、クルトは冷静な為政者である。どんなに感情を乱そうと、このような暴力的な行為に出ることはない。

だがあの娘が関わった時だけ、冷静さを失い歯止めが利かなくなっている。

グランはそのことを危惧していた。

思えば三月前に、突然クルトが城から姿を消したのも、あの娘が原因だった。

黒門によってサラがアルゴル領に転送されたことを察知したクルトは、グランの制止も聞かず単身で彼女を助けに向かったのである。

彼女の他に餌として送られたであろう人間たちは全て、グールによって食い荒らされていた。

クルトは彼らを蹴散らし、傷を負いながらもサラを救いなんとかアルゴル領を抜け出した。

傷はサラによって癒されたが、冷静とは対極にあるその行動をグランは危惧していた。

当初サラに厳しくあたったのもこのためだ。

グランにとって彼女は、クルトを危険に晒す存在だった。

一方で、孫の暴走によってサラの人となりに触れ、彼女自身はよくも悪くも善良な娘だという認識に至った。

あの娘がただの人間であれば、グランはクルトとの関係を祝福したことだろう。

多数の種族が暮らす銀狼国にとって、異種族間の結婚はそれほど珍しくはない。吸血鬼のグランですら、ユニコーン族の女性を娶(めと)ったほどである。

だが、サラはただの人間ではない。聖女である。

一目見ただけで、その魔力の大きさが窺い知れた。人の身であれほどの魔力を有し、どうして平気な顔をしていられるのか、不思議なほどだ。

そう。クルトもグランも、最初からサラが聖女であると知っていた。

むしろ聖女でなければ、これほどクルトが心乱されることもなかっただろう。

なぜなら――二百年前に犠牲となったクルトの仲間というのは、異界からやってきたとされる聖女なのだから。

だからボルボロスと相対する前に、彼女をどうするつもりなのかグランは確かめておかねばならなかった。

彼女の力は、ボルボロスを倒すのに役立つ。それは間違いない。

かつての聖女は、そのために前線に出て戦ったのである。

しかし現在、全力でサラを守ろうとしているクルトは彼女が前線に出てくることを良しとしないだろう。

二百年前は、聖女の力をもってしても完全に倒すことができなかった相手だ。サラが戦いに参加しなければ、グール討伐は熾烈を極めるだろう。

どれほどの兵が死に、被害が出るか想像もつかない。

王として、国民の命と聖女の命。そのどちらを取るのかと、グランは問うたのだ。

聖女惜しさに、この国の住人を不要な戦乱へ陥れる気かと。

確かめたかったのはクルトの覚悟であり、その意志だった。

冷静さを取り戻したのか、クルトがグランから手を離す。

グランは息を整えながら、じっと己の主を見つめた。

聖女を失ってから氷のように感情の起伏が少なかったクルトが、今ではこうして怒り、グランと睨み合いになることもしばしばだ。

けれど少なくともその変化を、グランは悪いとは思っていなかった。

むしろ己が主君が昔に戻ったようで、少しだけ嬉しい思いもあったのだ。

だが、それとサラのことは、どうしても分けて考えねばならない
「サラは連れて行かない。カレンとゴンザレスをつけて逃がす。我々は遠征の準備だ」

「……承知いたしました」

グランは了承して腰を折ると、抗うこともなく部屋を出た。窓からにぎやかな街を見下ろすこの国の王は、なんとも苦々しい顔をしていた。

第五章　因縁の敵

カレンの二日酔いが醒めた頃、まだ昼前だというのにゴンザレスが急遽(きゅうきょ)帰宅した。

彼はセシルと彼の護衛の一団を見て、目を丸くしていた。

「一体全体、これはどういうことなんだ？」

彼の疑問はもっともだ。

セシルからの手紙を受け取った私ですら、未だに状況が把握しきれず四苦八苦している。

「それより、突然帰ってきたということは何かあったの？　ダーリン」

固い表情のまま、カレンが問う。

一緒に手紙を読んだので、私もカレンもゴンザレスの帰宅の理由に察しがついていた。

「あ……ああ。突然だが、旅行でもどうかと思ってな。サラも王都しか見てないんだろう？　銀狼国には色々な名所があるんだ」

乾いた笑いを浮かべながら、ゴンザレスが言った。

その脈絡のない話を拒絶するかのように、食堂の中には重い空気が漂っていた。

私がなんと返事するべきか迷っていると、カレンが大きなため息をつく。

「昔からダーリンは、本当に嘘が苦手よね。分かってるよ。グールが攻めてくるかもしれないからサラを王都から引き離してくれとでもクルトに頼まれた？」

カレンの言葉に、ゴンザレスは驚いて言葉を失った。

「おまっ、どうしてそれを」

動揺するゴンザレスを前に、カレンは顎をしゃくってセシルを指し示す。

「あのいけ好かない爺さんの孫が、ご丁寧(ていねい)にお知らせくださったのよ。クルトはグールのことを隠して、サラを王都から遠ざけるつもりだとね。爺さんはもしサラにもそのつもりがあるのなら、孫とその護衛と一緒に王都を出るようにって気を回したみたいよ。親切過ぎて不気味なほどだけどね」

どうやらカレンは、グランに対しあまりいい感情は持っていないようだ。

セシルが店を滅茶苦茶にしたからというわけではなく、どうやら昔からの因縁があるらしい。

そして、手紙にはカレンが言ったこと以外にも重要なことが書かれていた。

「手紙には、グールに対して聖女の力が有効であると書かれていました。もしその気があるのなら、グール討伐の助力をお願いしたいと……」

私の言葉に、ゴンザレスの顔色が変わった。

「馬鹿な！」

カレンが嘘が下手だと言ったのは、本当だと思う。ゴンザレスの顔が引きつっていた。

「お二人は、私が聖女だとご存じだったんですね……」

そうでなければ、この手紙の内容にもっと驚いたはずだ。

何より彼らは、クルト同様先代の聖女と一緒に旅をしていたのだ。気づかないはずがない。

黒髪黒目。聖女の特徴は人間には珍しい。

私を見てすぐに、聖女と同じだと気づいたことだろう。

それでも私が記憶喪失だと言うので、気づかないふりをしてくれていたのだろう。

「今大事なのは、あんたが聖女かどうかってことじゃないよ！　急いで旅の準備を整えなきゃいけないってことさ」

そう言うと、カレンは完全に二日酔いの時とは違う顔になっていた。ゴンザレスは荷物をまとめると言って奥に入っていった。

その間に、私は再び手紙に目を落としていた。

手紙には、クルトとグールの王であるボルボロスの因縁についても書かれていた。

かつてクルトは聖女と行動を共にしており、ボルボロスによって聖女が亡くなったことをきっかけに、冒険者をやめたのだと。

私が消沈していることに気づいたのか、カレンはため息をつくと、ちょっと待っててと言って食堂を後にした。

重い空気の中で待っていると、すぐにカレンが戻ってくる。

その手には、以前見せてもらった若かりし頃の彼らを描いた絵があった。

「サラには一度見せたね。アタシたちがまだパーティを組んでいた頃の魔法絵さ」

もう一度、私はその絵を覗き込む。

好奇心を抑えきれなかったのか、セシルも前のめりになって絵を覗き込んでいた。カレンとゴンザレス、それにクルトの他にもう一人、細身の男性が写っている。茶色一色なので色までは分からないが、男は布で髪を隠していた。

「これがね、聖女」

カレンは私が細身の男性だと思っていた人物を指さした。

「え？」

てっきり男性だとばかり思っていたので、私は驚いてしまった。

それはセシルも同じだったようで、意味が分からないとばかりに目を白黒させている。

「嘘だ！　僕知ってるよ。聖女様は黒髪の女性なんだ。サラみたいな」

「確かに黒髪だったさ。目立つからこうして布を巻いて隠していたけどね」

セシルの反論に、カレンは苦笑しながら答えた。

絵からは分かりづらいので仕方ないが、服も大きなサイズのものを着て体のラインがわかりづらくしているようだ。

おそらくかつての聖女は、あえて男に見えるような格好をしていたのだろう。

私の推論を証明するように、カレンが言葉を続ける。

「まあ、いくら冒険者とはいえ女の旅は危険だからね。男の格好をしている女は珍しくなかったよ。銀狼国も今ほど治安がよくなかったし」

今では想像できないが、やはり銀狼国にもそんな時代があったのか。

「彼女の名前はサクラ。ここではない世界から、ある日突然飛ばされてきたと言っていた。癒しの力には目を見張るものがあったが、戦闘はからっきしでね。」

二百年前の聖女の名前を聞かされ、私は何とも言えない気持ちになった。

私の名前と一字違いの、異国の響きを持つ名前。

女性だと思って改めて見てみると、やけに近いクルトとの距離も、含みをもって感じられる。

きっとクルトは、この人のことを愛したのだ。

ミミル聖教にはそんな話は伝わっていないけれど、聖女が魔族と愛し合っていたなんて伝えるはずがない。ミミル聖教にとって、魔族は全て倒すべき敵なのだから。

突然知らされた事実は、私にとってあまりにも衝撃が大きかった。

けれどその事実を知ったことで、今まで不思議に思っていたことが何もかもパズルのピースのように、ぴったりと嵌まるのだった。

カレンが言うクルトが羽根飾りを交換した相手と言うのも、間違いなくサクラだ。

祠に飾られていた絵はなんてことはない、先代ではなくクルト本人を描いたものだったのだろう。

魔族は長い寿命を持つということが、すっかり頭から抜け落ちていた。

クルトが私を助けたのは、彼にとって聖女が未だに大きな存在だからなのだろう。

絶えず気にかけてくれていたのも、謝肉祭で連れ出してくれたのも、すべて私にサクラを重ねていたのだ。

そうでなければ、どうしてここまでよくしてくれるというのか。

カレンもゴンザレスも、まるで最初から知り合いのように優しくしてくれた。

隠せていると思っていたのは、私だけだった。

みんな私が聖女だと知った上で、それでも優しくしてくれていた。守れなかった二百年前の聖女への、償いに。

「……少し、考えさせてもらってもいいですか？」

自分でも、どうして立っていられるのか分からないほど、私は疲弊していた。

たった今知った真実に押しつぶされて、思わず泣きわめきたくなってしまう。

どうしてそんな気持ちになるのかは分からない。彼らはただ優しくしてくれただけなのに。

けれど私は今、ひどく腹立たしくも感じていた。そして結局私自身を見てくれる人はここにもいなかったのだと、諦観(ていかん)に近い気持ちを抱いていた。

グインデルの裏切りを知った時と同じ絶望が、再び襲い掛かってくる。

結局ただのサラを見てくれる人なんて、この世のどこにもいないのだ。私はどこまで行っても聖女で、それだけの価値しかないのだと思えた。

「お姉ちゃん……」

手紙を持ってきてくれたセシルに申し訳なく思いながら、私は自室へと戻った。

カレンが私を呼び止めようとしていたけれど、私はそれに気づかないふりをした。

🐾 🐾 🐾

食堂が休みなのに甘えて、私は昼間から眠りについた。起きていると、絶えず思考が悪い方に向いてしまうからだ。

起きると既に日が暮れた後だった。

部屋の中は真っ暗で、眠い目をこすりながらランプに火をつけた。

私はもう一度、グランからの手紙に目を通す。

本当は、すぐにでも決断しなければならないのだろう。避難するのか、それともグールと戦うためにアルゴル領に向かうのか。

私は二百年前の魔法絵を思い出していた。

目に焼き付いた、クルトの笑顔。その隣にいた聖女もまた、笑っていた。

彼女は幸せだったのだろうか。突然知らない世界に飛ばされて、強大な敵と戦った。一体どんな気持ちだったのだろう。自分の身を犠牲にしても、誰かを助けたいと願ったのだろうか。

私は、この街で出会った人たちのことを思う。

まだたった三ヶ月。共に過ごした時間で言うなら、神殿の人たちの方が圧倒的に長い。

それでも、ツーリの人々は私に生きる楽しさを教えてくれた。少なくとも、神殿にいた頃より私は幸せだった。

たとえカレンやゴンザレス、クルトが私に過去の聖女を見ていたのだとしても、その事実は変わらない。

分かっている。頭では分かっているのだ。仕方ないということが。

それでも気づくと、悲しみが溢れ出している。優しくされていたのは私ではなかったのだと、二百年前の聖女への嫉妬が抑えきれない。

こんなに浅ましいのに、私が聖女だなんて悪い冗談のようだ。

グインデルの言う通り、本当は悪い魔女なのではないか。皆を守るために犠牲になった人を妬むなんて、どれほど愚かしいことか。

己の浅ましさが心底嫌になっていた時、コンコンと窓を叩く音が聞こえた。

この部屋は、窓からの来訪者がやけに多い。

最初はグランで、その次はクルトだった。

私は体を固くする。

そのどちらだったとしても、今は会いたくない相手だったからだ。

けれど今宵の来訪者は、そのどちらでもなかった。窓の外に、長い三本の爪が見えた。慌てて窓を開けると、そこにいたのはフレデリカだった。

私は慌ててフレデリカを部屋の中に招き入れる。

「ごめんね窓から。今日食堂が閉まってたからさ～」

フレデリカが笑いながら言う。普段ならこんなことはしないので、私は戸惑っていた。

「どうしたんですか？」

「んー、ちょっと挨拶していこうと思って。急にツーリを離れることになったから」

フレデリカの言葉に、私は驚いてしまった。

「どうしてですか？」

最後に彼女に会ったのは仮面を買いに行った時だが、その時のフレデリカはツーリを離れるなどと一言も言っていなかったはずだ。

それに彼女は、外の世界のことが知りたくてこのツーリにやってきたと言っていた。それは一朝一夕で達成できる夢ではないはずだ。

なのにどうして。そんな思いでただでさえ疲弊している私の心は落胆でいっぱいになった。

それが顔に出ていたのだろう。私の顔を見て、フレデリカは困ったように頭をかいた。

「うーん、それはちょっと言えないんだ。ごめんね」

言えないような理由とは何なのだろうか。

私はより一層混乱した。

単なる旅行等であれば、フレデリカはこんなことは言わないだろう。いつも明るい彼女だ。お土産でも買ってくると楽しそうに言うはずなのだ。

けれどランプの薄明かりに照らされて、フレデリカは見たこともないような寂し気な表情をしていた。

私の中に、嫌な予感が黒いシミのように広がる。

「で、でも。門番のお仕事もあるし、すぐに帰ってくるんですよね？」

「あー……」

フレデリカが言葉に詰まる。

私は息をつめて、彼女の答えを待った。

「門番の仕事は、今日辞めてきたんだ。ちょっと故郷に帰らなくちゃいけなくて」

突然の報せに、私は愕然(がくぜん)とした。

彼女はいつも、門番の仕事を天職のように言っていた。ハーピーの自分が、こんな風に他の種族の役に立てるのはありがたいと。

「そ、それは前から決まっていたんですか……？」

そう問うために絞り出した声は、自分で思う以上に掠(かす)れていた。突然いろんなことがあり過ぎて、自分の心の中でどう処理したものか、私は対応に苦慮していた。

私の問いに、フレデリカは首を横に振る。

「んーん。突然決まった。決まったというか決めた。今故郷が大変らしくて」

「フレデリカさんの、故郷？」

聞き返すと、彼女はしまったという顔をして嘴をおさえた。

「あー……うん。なんか厄介なやつらが攻めてきたらしくって」

「た、大変じゃないですか！」

フレデリカの故郷が襲われているというのだ。

そういえば、フレデリカの故郷はアルゴル領の近くなのだ。厄介なやつらと言うのはほぼ間違いなく、グールのことだろう。

予想以上の緊急事態に、私はどう反応すればいいのか分からなくなってしまった。

グランからあんな手紙が送られてきたとはいえ、私はまだグールが暴れ出したと言うことをきちんと理解してはいなかった。

ハーピー族のように、被害を受けている魔族が間違いなくいるはずなのに、だ。

「親にはさ、戻ってくるなって言われたんだけど、そんなわけにはいかないよね。あそこは私の故郷なんだから」

フレデリカの言葉は、私の心に重く響いた。

危険を承知で、フレデリカは故郷に戻ろうとしている。大好きな仕事までやめたというのだ。

きっと生半可な覚悟ではない。

「大事なんですね」

私には、フレデリカの気持ちが分からない。

母と住んだ故郷は既に遠い。冷たいかもしれないが、故郷の村に何かあっても戻ろうとは思えないだろう。

「大切だよ。育ててもらったんだ。だからグールに好き勝手になんかさせない」

フレデリカは強い口調で言い切った。

「グール、ですか……」

「ああ、サラは知らないかな？　前にも話したかもしれないけど、私の故郷はアルゴル領の近くなんだ。アルゴル領って言うのはグールが住んでるところ。もうずっと大人しくしてたのに、突然領地からでて周りの村を襲い始めたんだって」

フレデリカの話を聞いて、私は冷静ではいられなくなった。

手が震え、やけに寒く感じる。

それを見て怖がっていると思ったのだろう。フレデリカが私を宥（なだ）めるように言った。

「大丈夫だよ。やつらは王都まではやってこないよ。ここは銀狼王陛下が護っているんだもの」

彼女は羽毛の生えた柔らかな手で、私の肩を優しく撫でた。

人付き合いの苦手な私に、いつも笑いかけてくれた。

自分の方がずっと大変なのに、私の心配までしてくれるフレデリカ。

優しい優しい、私の初めての友達。

「じゃあ、もう私は行くよ。帰ってきたら、また一緒に遊びに行こうね」

そう言って、フレデリカは私の部屋の窓から飛び立っていった。

気づけば空は白み始めている。朝が来るのだ。

朝焼けの中飛んでいくフレデリカの背中を、私はずっと見つめていた。やがて彼女の姿が見えなくなっても、祈るように、ずっと。

🐾 🐾 🐾

ハーピーの暮らす里がグールに襲われたという報が届いたのは、謝肉祭を終えた翌日昼のことだった。傷ついたハーピーの伝令が、銀の城に転がり込んできたのだ。

銀狼王はすぐさまハーピーへの支援を決定し、対グールの対策本部を組織した。

ハーピーの里は、アルゴル領にほど近い場所にある。二百年前も、グールの被害を最も被（こうむ）ったのはかの地であった。

ハーピーは他の魔族に比べて体の耐性や強さこそ劣るものの、空を駆けるそのスピードは他の追随を許さない。

グールによって一時期は絶滅の危機にあったハーピーは、支援を受ける代わりに、アルゴル領の近くに留まり再びグールの反乱が起きた際にはいち早く王都に知らせるという約束を交わした。

ハーピー族は二百年越しの約束を守ったのだ。

クルトはまず、足の速い竜騎兵による先発隊を向かわせ、ハーピーの支援と防衛拠点の建設を命じた。

知能を持ったグールの脅威がどれほどのものであるか、クルトは痛いほどよくわかっていた。なので自らが先行して敵を叩くことはせず、どっしりと腰を据えて総力戦で敵を叩くという選択をしたのだ。

更に冒険者ギルドに人を走らせ、緊急依頼という形で有力な冒険者の協力も取り付けた。上位の冒険者は国軍の将すらも凌（しの）ぐ力量を持つ。

各地の冒険者ギルドにも同様の依頼をするための伝令が走り、着々とグールとの全面対決に向かって準備が進められていた。

並行して、ゴンザレスにはカレンとサラを連れて王都から出るようにと指示してあった。

ボルボロスが蘇（よみがえ）ったとして、真っ先に狙うのは聖女だ。

二百年前。聖女のサクラは己の命と引き換えにボルボロスを封印した。

つまりボルボロスにとって、聖女はもっとも警戒すべき相手なのだ。

だがサクラはもういない。狙われるとすれば、それは現在の聖女であるサラということになる。

クルトは珍しい黒目黒髪の少女を思い浮かべる。

不思議な娘だと思った。巨大な狼を目にしても、怯えもせず驚きもしなかった。まるで人形のように表情が抜け落ちていた。そんな彼女が哀れだった。

本当なら、もっと早くに迎えに行きたかった。

人間に利用されて聖女として使いつぶされたくなかった。

クルトは過去の出来事に思いを馳せる。サクラもそうだったのだ。聖女としてミミル聖教会に召喚された彼女は、人を癒し魔族を退ける道具として利用され、過酷な日々を送っていた。

それを助け出したのがクルトだ。

銀狼国まで遠征にやってきた彼女をさらい、仲間にした。

人間の悪意に嫌というほど晒された彼女は、笑うことすらできなくなっていた。

カレン、ゴンザレス。そしてクルトと旅をして、彼女が笑えるようになったのは随分後のことだ。

クルトにとって、聖女とは哀れな存在だった。

人間の中の異端であることによって、祀り上げられ利用される何も知らない少女。

だから本当なら、もっと早くサラのことも助け出したかった。だがそれができなかったのは、あの神殿という場所のせいだ。

今よりも人間と魔族が近い距離で暮らしていた時代。人間は魔族に対する対処法を心得ていた。

人も魔法を使っていた。

その魔法が、サラが暮らしていた神殿に施されていた。魔物には感知できないよう、サラの存在は巧妙に隠されていたのだ。

だからこそ、アルゴル領に突然聖女の気配を感じた時、クルトは驚愕(きょうがく)した。

聖女が新たに生まれているなど知らなかったからだ。しかもそれをグール蠢(うごめ)くアルゴル領に送り込むなど、人とはどれだけ醜悪な生き物かと強い怒りを覚えたものだ。

すぐさま助け出したが、それで彼女の心まで救えたかは分からない。

忙しさにかまけて、結局傍(そば)にいてやることもできなかった。カレンたちのおかげで笑顔を見せるようになったけれど、その笑顔を見た回数も数えるほどだ。

無事にまた会えるかどうか、それは分からない。

ボルボロスは油断できない相手だ。グランの言う通り、聖女を欠いた状態で容易く立ち向かえる相手ではない。

そのことは、かつて直接戦ったクルトが一番よく分かっていた。

だが、だからといってサラを矢面に立たせることなどできるはずがない。

この二百年の間、サクラを救う方法があったのではないかと繰り返し考えてきた。彼女を犠牲にしたことは、王であるクルトにとって汚点だった。雪(そそ)ぐことのできない過去の後悔。そして傷である。

「今度こそ、護ってみせる」

クルトは決意を新たに呟いた。その手にはサラと交換した羽根飾りが握られている。

そして着々と、決戦の日は近づいていた。

🐾 🐾 🐾

「ぐっぐっぐっぐ。とかく人の愚かさは御しがたい」

暗がりに、醜悪な笑いが響く。

その玉座は、広い洞窟の中にあった。明かりの類は一切ない。なぜなら彼らは、光を必要とはしないからだ。

濁った瞳。灰色の膚。骨と皮のような体は大きく、猫背になって歩く。

グール。神の祝福を否定した者たち。人の血肉を啜り、享楽を愛する者たち。

その中でも特に体の大きな個体が一体。骨を積み上げて作った玉座に腰掛け、捧げられた供物の首から血を啜っていた。

洞窟の中には、むせ返るような血の匂いが充満している。

ボルボロスの配下が、喜び勇んで人の死肉を食い荒らしていた。

常ならば欲望のままにしか動かないグールだが、ボルボロスの手にかかれば彼らは極めて有能な兵隊と化す。

　ボルボロスは特殊な個体で、他のグールを思うままに動かす術を心得ているのだ。

　狂気の兵士たちは己の王に喜んで従う。彼らは待ち望んでいた。この窮屈なアルゴル領を脱し、再び生命を思うままに蹂躙（じゅうりん）するその時を。

「ボルボロス様。儂を裏切った人間どもに制裁を！　そして儂を貶（おとし）めた聖女に厳罰を！」

　洞窟の中、血に酔ったような声が響く。グールのものではない。

　そこにいたのは、聖皇姿のグインデルだった。

「それはお前が約束を守ってからだ。ちゃんと聖杖は持ってきたのか？」

　ボルボロスの言葉に、グインデルは床に落ちていた聖杖を這いつくばるようにして拾い上げた。

　彼の法衣が泥と血によって汚れる。だがそんなことはお構いなしだ。

「早くしろ。黒門を開放するのだ」

　グインデルの視線が、ユーセウス聖教国へと繋がる黒門に吸い寄せられる。

　この門が持つ空間を飛び越える力には、ある特殊な条件があった。それは、完全に一方通行しかできないということである。

　この機能は聖皇の持つ聖杖によってのみ制御される。

　ボルボロスの目的は初めから、この聖杖にあった。

　黒門を使って窮屈なアルゴル領から、無防備な人間のはびこるユーセウス聖教国に向かおうというのである。

二百年の隔絶を経て、彼が目覚めたのはサラが聖女として覚醒したのと同時期であった。

だが、サラと違い彼の体は封印によって動けない。

ボルボロスは狡猾であった。

二百年前の封印によって儚くなっていた己を再生するため、まずは思念体となって利用できそうな人間を探した。

彼のお眼鏡にかなったのが、当時司教をしていたグインデルだ。

グインデルは当時、己の境遇に不満を持っていた。田舎の司教などではなく、王都に出て己の才覚を試したいと思っていた。

ボルボロスはそんな彼に囁いた。サラを利用して、ミミル聖教会の中でのし上がればいいと。

サラを神殿内に閉じ込めるよう言ったのも、ボルボロスの提案だ。ボルボロスは聖女の存在を銀狼王に隠しておきたかった。

二人に組まれると自分の脅威になると考えたからだ。

そして最初はそれらの事を訝しく思っていたグインデルも、ボルボロスの言う通りにすれば面白いようにうまくいくのでやがて疑いを持つのをやめた。

聖皇となった彼は、聖杖の力で神殿の奥深くに封印されていた黒門を復活させた。

その時はまだ、グインデルにも冷静な思考が残っていた。ボルボロスに捧げる生贄は外国から子飼いに買ってこさせ、それを黒門を使って慎重にボルボロスの許へ送り込んでいた。

彼が素直にボルボロスの言葉に従ったのには、黒門が一方通行という特性を持っていることも関係していた。

そうでなければ、流石に魔族の国に繋がる黒門を警戒したことだろう。

グールに食べられた人間は、白輝鳩に生まれ変わると言われている。

伝説の類だが、グインデルは慎重を期すため白輝鳩をできる限り捕獲し不用意に人間と接触させないようにした。

なぜなら、白輝鳩は人間に思念を伝えることができるという特性を持っていたからだ。

己のしていることが外部に漏れては堪らないと考えたのである。

さて、こうしてグインデルとボルボロスは互いに利益を享受していた。ボルボロスは捧げられた生贄によって力をつけ、グインデルはボルボロスの謀略によってのし上がり、更には分け与えられた力によって若さと活力を手に入れた。

だがグインデルは知らなかったのだ。

グールの力を分け与えられるということは、同時に己から冷静な思考を奪っていくことなのだと。

彼が正気であれば、黒門を逆流させるなどいくら何でも実行しなかったはずだ。だが彼は、ボルボロスに与えられた力によって完全に人ではない者になり果てていた。

聖杖が淡い光を放ち、黒門が形を変える。

送られるのみだった門が、逆に送る側となった証左である。

だが、性質そのものを作り替えるわけだから運用が可能になるまでには時間がかかる。

古文書によれば、その日数はおおよそ十日ほどらしい。

「約束は果たした！　だからワしに、もっとちからを……力を！」

グインデルが吠える。

「いいだろう。いくらでも与えてやるさ。絶望をな！」

そう言うと、ボルボロスはもう用はないとでも言う風に己の腕をグインデルの鳩尾に突き立てた。

グインデルの背から血だらけの細い腕が生える。

「え？」

信じられないとでも言いたげに目を見開き、グインデルはごふりと血を吐いた。

目の前の凶行を喜ぶように、周囲のグールが騒ぎ立てる。髄を啜った骨を打ち鳴らし、狂乱の笑い声をあげる。

ボルボロスが手を引き抜くと、腹に風穴の開いたグインデルは力なく倒れていった。

よく見れば、洞窟の床には同じように打ち捨てられた遺体がいくつもあった。法衣が破れ散り散りになり、どれもひどい有様だ。

中には枢機卿のものであることを示す、赤いものまである。

グールの力を得たことにより自ら人の道を外れたグインデルは、結局多数の民間人の殺害が表ざたとなり追われる身となっていた。

洞窟に散らばっているのは、グインデルの許でうまい汁を啜り、それによって主同様国にいられなくなった者たちの末路である。

彼らは断罪から逃れるため黒門を使って銀狼国へと渡り、グインデルによってボルボロスに捧げられた者たちである。

その中で、今や生きている者は一人もいない。

「我らを下劣などと、よく言ったものよ。人の本性とは、獣にも劣る醜悪さではないか。だがそれがよい。罠に落ちる獲物無くしては、我らグールが飢えてしまうというもの」

ボルボロスは戯(たわむ)れに手近にあった生首を拾い上げた。

グインデルに付き従っていた枢機卿のそれには、最後の絶叫がありありと刻まれている。ボルボロスが不意にそれを投げると、首の着地点にはグールが殺到し、首を奪い合う醜い争いが起こっていた。

「そう慌てるな。いくらでも食べさせてやる」

そう言うと、ボルボロスは高笑いをした。

「聖女よ。お前を出し抜き人の国を襲ってやる。二百年の恨みとくと味わうがいい」

暗い洞窟に哄笑(こうしょう)が響く。

骨の打ち鳴らされる音楽がグールの絶叫と調和し、おどろおどろしい音楽を作り上げる。

ボルボロスにとって、恨みを晴らす相手はサラでもサクラでも構わないのだ。忌々しい銀狼王も出し抜けると思うと、愉快で愉快でたまらなくなる。

人を思うままに食い荒らせば、同族たちは今よりも強大な力を得るだろう。アルゴル領に閉じ込められ不遇を囲う日々は、完全に終わりを迎えるのだ。

「行くぞ同志たち！　この世界を再び野蛮な暗黒へと引き戻すのだ！」

グールの饗宴は最高潮を迎えた。

洞窟の中にボルボロスの笑いが轟（とどろ）き、何重にもなって醜悪な宴（うたげ）を彩っていた。

第六章　最後の戦い

誰かに呼ばれた気がして、振り返った。

しかしそこは暗い森の中で、人の姿は見えない。あたりはしんと静まり返り、風に揺れる葉擦れの音が聞こえる程度だ。

にわかに恐ろしくなり、私は先を急ぐことにした。

腕には拾ったばかりの乾いた枝をいっぱいに抱えている。

「サラねぇちゃん」

声を掛けられて驚き、声の主に気づいて私は肩をすくめた。

声の持ち主が、自分の知っている相手だと気づいたからだ。

「セシルくん」

そこに立っていたのは、グランの孫であるセシルだった。現在訳あって、私たちの旅に同行している。

三日前、ゴンザレスに急かされるようにして私たちは王都を離れた。

旅などろくにしたことがない身には、毎日が驚きの連続だ。

流石にカレンとゴンザレスは元冒険者だけあって旅慣れているが、意外なことにセシルもわがままを言うことなく護衛の指示に従っていた。

私たちが集めた薪で、カレンが料理を作ってくれる。

カレンが水を出すことができるので、飲み水にも困らない。井戸の水の方がおいしく料理ができるのにと、カレンは不満そうにしているけれど。

私たちの旅は、十分な戦力の護衛に歴戦の冒険者が揃い、それにグランが用立ててくれた馬車と、環境的にはかなり恵まれていた。

といっても、馬車は盗賊などに狙われないよう敢えて荷運び用の幌馬車だ。

馬車を引いているのは二頭のケルピーで、彼らはカレンの言うことをとてもよく聞いてくれる。

食事を終えて、睡眠をとることになった。基本的に夜は私とカレン、それにセシルが馬車で眠り、ゴンザレスと護衛の人たちが外で交代で見張りをしつつ眠る。

一応街道を通ってはいるが、銀狼国は人の国より街道の整備が遅れているのだそうだ。

死ぬまでずっと神殿で聖女として生きていくと思っていたのに、今はこんなところで旅をしているなんて、本当に信じられない気持ちだ。

荷台に入って横になると、昼間の疲れからか、セシルはあっという間に眠ってしまった。

逆に私は疲れから目がさえてしまって、ぼんやりと馬車の天井を見上げていた。

「眠れないの？」

横で眠っているカレンに声を掛けられ、私は彼女を見た。

彼女の目には、私を気遣うような色が宿っている。この旅に出てから、彼女はよくこんな顔をする。

「ねえ、本当にこのまま旅を続けていいの？」

心配そうな声。もう何度も、カレンは私にこの質問をしてくる。

そのたびに私は、このままでいいのだと答える。

「このまま……アルゴル領へ向かいます。皆さんを危険な目に遭わせてしまい申し訳ありません。でもどうしても、やらなくちゃいけないことがあるから」

そう。私たちはアルゴル領へと向かっていた。

グランの手紙に書かれていた、その提案の通りに。

「ばか。そんなこと言ってんじゃないよ」

この決断をしてから、カレンはずっと機嫌が悪い。

そして事あるごとに、アルゴル領から離れるべきだと言う。

彼女は私の身を案じてくれているのだ。

とてもありがたいことだし、口では不満を言いながら一緒に旅をしてくれる彼女の優しさに、私はすっかり甘えてしまっている。

彼女がいなければ、こんな順調な旅路にはならなかったはずだ。

「だって……サラはそんなことする必要ないんだよ？　銀狼軍は強い。グールが相手だって負けやしないさ。だから……間違っても自分が犠牲になろうだなんて考えないでほしい」

真剣な顔で、カレンが言う。

セシルを起こさないようにとても小さな声で、けれど彼女が本気でそう思っていることは痛いほど伝わってきた。

彼女も私と、かつて仲間だったサクラを重ねているのだろうか。

けれど今は、そんなことどうでもいいことだ。

「そんな立派なものではありません。ただ、私にできることがあるのならするべきだと思ったんです。住んだ期間は短いけれど——私はツーリの街が好きです。自分にできることがあるのに、じっとしてるなんてできない」

あの街は、私の心を救ってくれた街だ。

そして、大切な人たちが暮らしている。

確かに、クルトたちは私に過去の聖女を重ねているだけなのだと驚き、失望したこともあった。

今もどこかで、その考えを捨て去ることはできない。

だが、彼らが私に優しくしてくれたのは全て本当なのだ。

与えられた優しさに理由をつけて、相手が誠実じゃないと責めるのは愚かなことだ。

そして私は、そんな愚かな人間にはなりたくなかった。

私だって、最初は自分が聖女であることを隠そうとした。それなのにクルトたちを憎めるのかと言うと、そんなことはなかった。

理由なんてどうでもいいのだ。

確かに寂しいし悲しい気持ちもある。

でもだからと言って、クルトの優しさに甘えて自分だけ逃げだすなんて、できなかった。危険な故郷に戻ると言っていたフレデリカのことを考えたら、猶更。

「そんな顔しないでください。死ぬと決まったわけじゃないんですから。もしかしたら、私たちがついた頃には、全部終わっているかもしれません」

冗談めかして言うと、暗闇の中でカレンが苦笑したのが分かった。それでも彼女はまた私に同じ質問をするだろう。

よく見えないけれど、カレンが納得していないことはなんとなく感じ取れた。

私は話を終わらせようと、彼女に背を向けた。

「もう寝ましょう。明日も早いそうですから。おやすみなさいカレンさん」

そう言うと、背中からぶっきらぼうなおやすみが返ってきた。

私は思わず笑ってしまう。カレンが真剣に心配してくれているると分かっているのに、笑うのは不謹慎だろうか。

でもこの旅で、しっかり者だと思っていたカレンが意外に子供っぽいことが分かり、本当にただの旅行のように私は楽しんでいた。

これが戦地へ向かう旅ではなく、本当にただの旅行ならよかったのに。

そんなことを思いながら、私は今度こそ眠りについたのだった。

🐾 🐾 🐾

クルトがアルゴル領に入ったのは、ハーピーの伝令があってから更に八日後のことだ。

ハーピーの里に前線基地を築いた銀狼軍は、押し寄せるグールを屠り前線をアルゴル領内にまで押し上げることに成功していた。

兵士たちの士気は上がっていたが、クルトは訝しく思っていた。

ボルボロスが復活しているにしては攻め手が単調であり、あまりにも手ごたえがないと感じたからだ。この程度であれば、軍の存在がなくてもあれほど一方的にクルトが追い詰められることはなかっただろう。

サクラにしても、命を賭してまでボルボロスを封じる必要はなかったはずだ。

だがハーピーからの情報によれば、ボルボロスは確かに復活しているという。

一体どう言うことだと、クルトは思考を巡らせた。

ハーピーはクルトたちのように長寿な種族ではないが、その分ボルボロスについてのことを事細かに言い伝えていた。

そしてその彼女たちによれば、グールの動きは組織立っており、基本群れることが少ないグールにはありえない動きだったという。

そのことからも、クルトはボルボロスが復活していると確信していた。

それにしても――と思う。

この二百年なんの音沙汰もなかったというのに、ボルボロスが復活したのとサラが聖女として現れたのが同時期というのは、まるで示し合わせたかのようだ。

クルトは嫌な予感を覚えた。

サラを逃がし、信頼できる二人に彼女を預けたというのに、不吉な予感はいくら追い払っても去ることがない。

それを振り払うように、クルトは目の前のグールを倒すことに集中した。

巨大な狼となり、陰鬱(いんうつ)な森を駆ける。

この姿で疾走(しっそう)するといつもとても気持ちがいいのだが、今はそんなことちっとも思わないのだった。

早く事を済ませ、王都に帰りたい。

サラの無事な顔を見て安心したい。

クルトが考えるのは、そんなことばかりだ。

それはクルトがサラのことをサクラと重ねているせいなのか、それとも彼女自身に会いたいからなのか、それは分からない。

ただ、まだ数えるほどしか会っていないサラのことが、ひどく気になるのだ。

一度、同情かとカレンに問われたことがある。

サラがカレンの店で働きだしてからのちのことだ。

最初に連れて行った時、カレンはサラの目や髪色を見て大いに驚いていた。彼女もまた、サクラを知っている。

そしてそれからひと月後には、同情からならあまり関わり合いになるべきではないと釘を刺された。

もしサラのことをサクラと重ねているだけなら、サラが可哀相だからと。

クルトとしては、カレンの言い分は承服しかねた。自分が助けた相手を気に掛けるのがどうしていけないのか、分からなかったからだ。

だが一方で、サラにはサクラのことを知られてはいけないとも思った。

決して幸福とは言えない最期を迎えた聖女のことを、話すのは気が引けた。クルトにとっても、サクラのことは未だ容易くは口にすることのできない傷だからだ。

人間の国ではどう言い伝えられているか分からないだけに、猶更慎重になっていたことは否定できない。

結局何をどうするのが正しかったのか、今でも分からないままだ。

「陛下。ボルボロスが潜伏していると思われる洞窟が見つかりました」

軍団長の一人が報告にやってきた。どうやら斥候が戻ったらしい。

洞窟というのは、かつて聖女が己の命と引き換えにしてボルボロスを封じた場所だ。

当時の記憶をたどり捜索させていたが、地形が変わっていて難航した。それがようやく見つかったらしい。

「分かった。先発隊には先走らないようにと伝えろ。慎重に事を進める」

「は」

獅子の獣人である軍団長は静かに返事をした。

敵の居所が分かったとなれば、いよいよ総力戦だ。

もう何も失いはしない。クルトは己にそう誓った。謝肉祭の日に見たサラの顔が蘇る。帰ってその顔がもう一度見たいと、なんだか無性にそう思った。

洞窟は不気味な気配が立ち込めていた。
この辺りは火山活動が活発で、いくつかある洞窟の中には毒ガスが発生しているものもある。

それだけに、クルトは慎重だった。

先発隊はハーピーなど空気の変化に敏感な種族を配置し、不測の事態に対応できるよう備えた。

洞窟なので、流石に狼の姿で入ることはできない。それは二百年前と同じだ。

当時ボルボロスは、狼の姿になったクルトの巨体から逃れるため、入り口の狭い洞窟に逃げ込んだのだ。

今でもはっきりと覚えている。当時はカレン、ゴンザレスも含めた四人でボルボロスを追い詰めていた。そして結局、それがパーティでの最後の仕事になった。

この場所は自分の原点なのかもしれない。

改めてここに立って、クルトはそう思った。

王という立場を嫌がり冒険者として暮らしていたが、国という形でなければ救えないものがあると知った。

人間と違い、魔族や亜人は強靭な肉体を持つ。それだけに個人主義になる場合が多く、それまでの銀狼軍は組織立って戦うということを知らない集団だった。

クルトは自らが王となり、まずは軍組織を改革した。

今後ボルボロスのような敵が現れても、打ち倒すことができるようにという願いを込めて。

二百年の時をかけ、銀狼軍は精強な軍として名を馳せている。同時に多数の魔族が集う場となり、相互理解も進んだ。

今ならば勝てるはずだ。

クルトは思った。だが、どうしても胸騒ぎが晴れない。

「陛下。これより突入を開始します」

側近の言葉に、クルトは頷いた。胸騒ぎを理由に、ボルボロス討伐を中止することはできないからだ。

「突入を開始する。独断専行がないよう指示の徹底を。それではこれより、掃討戦を開始する。目標はボルボロス。銀狼軍の武勇を我が前に示して見せろ！」

クルトの指示に、軍団長は敬礼した。

「は！　必ずや怨敵の首を献上してご覧に入れます」

伝令が走り、洞窟への突入が開始される。クルトは軍幕の外で、その様子を見守った。

異変はすぐに起こった。

先陣が洞窟に入ってすぐ、入り口付近で落盤事故が起きたのだ。

これでは先発隊が孤立してしまう。そう考えたクルトは、すぐさま狼の姿に変身した。そして穴を掘るように洞窟の入り口をかき分ける。

土砂をかき分け、怪我人を運び出すように命じる。

クルトは歯噛みをした。落盤事故は明らかにボルボロスの手によるものだろう。

だが、そんなことをしては自分たちもまた閉じ込められるだけではないのか。ボルボロスの考えが、クルトには分からなかった。

クルトはその巨体で大岩を取り除き、細かい部分は部下たちに任せる。狼の前足は、微細な作業には向かないからだ。

しばらくして、被害の全容が明らかになった。

不幸中の幸いというか、この落盤事故による死者はなかった。

だが洞窟内に取り残された先発隊はグールの猛攻に遭ったらしく、怪我人が多く出た。緊急の病床を用意させ、怪我人を収容させる。

完全にボルボロスにしてやられた形だ。クルトは悔しさに歯噛みをした。

人型となって軍幕に戻り軍団長らと対策を協議していると、そこに伝令が飛び込んできた。伝令はまず軍団長に報告内容を耳打ちしている。

だが、伝令もそして軍団長もなにやら困惑した様子だ。

「おい、どうした」

思わずクルトが声をかけると、伝令は恐縮したように敬礼した。

「陛下、グラン公爵の孫であるセシル様がお見えだそうです」

軍団長の口からもたらされた思いもよらぬ報告に、クルトは目を見開いた。

セシルといえば、仮面欲しさにサラを驚かせた世間知らずの子供だ。それがどうしてこんなところにと、視線で軍団長に問い返す。

獅子の獣人は、自らも戸惑うように目を伏せていた。

「それが――聖女だという若い女性を連れているらしく、怪我人が出たので治療に参加しているそうで……」

軍団長が言い終える前に、クルトは軍幕を飛び出していた。

🐾　🐾　🐾

私たちが銀狼軍の駐留している場所に向かっていた時のことだ。深い森を歩いていると、突然轟音が響き渡った。

何が起こったのかと先を急ぐと、上空に慌ただしく飛び回る兵士を見つけた。

その方角に向かうと、森が開けた場所で兵士たちが慌ただしく走り回っていた。

「洞窟が崩れたぞ！」

「畜生！　あいつら何てことしやがるっ」

彼らの叫びから何があったのかを悟り、思わず背筋が冷たくなる。

クルトは無事なのだろうか。冷たい恐怖がお腹の奥底からじわじわとにじり上がってきた。

臨時のテントに、どんどん怪我人が運び込まれている。

いてもたってもいられず、私は飛び出した。

「なんだお前は！」

当然見とがめられ、怒号が飛んだ。

「待ってくれ」

それを収めてくれたのはセシルだった。

「私は魔公爵グラン・ド・ヴィユの身内だ。銀狼王陛下に取り次いでもらいたい！」

セシルが堂々と宣言すると、その場に居た兵士たちに戸惑いが生まれた。

彼らはグランの名を知っているようだ。

私は茫然としている彼らの横をすり抜けて、特に重症そうな患者の傍らに座り込んだ。

癒しの力を使うのは久しぶりだが、今はそんなことを言っている場合ではない。

傷口に手をかざして癒しの力を使うと、患者の傷がゆっくりと塞がった。やはり人間を癒す時より、治りが遅い。

クルトが言っていたように、魔力がある者を治すのは時間がかかるということなのだろう。

一人目が終わると、二人目、三人目という風に私は治療を進めていった。いつの間にか、カレンやゴンザレスもそばに来て私の動きをサポートしてくれている。

治療を進めていると、もう私たちを止めようとする人はいなくなった。しばらくすると衛生兵らしい人が近づいてきて、重症者が集まる場所に案内してくれた。

そこでもまた、同じように怪我人を癒していく。

膨大な数の患者に、あっという間に力が消耗していくのを感じた。

その時、案内された患者の中に見慣れた羽根を見つけ、私は総毛立った。

床に寝かされていたのは、華奢(きゃしゃ)な体を持つハーピーだった。泥で顔が汚れていたけれど、私はすぐにそれがフレデリカであると気が付いた。

呻く彼女に駆け寄り、傷口に手をかざす。

重傷者の寝かされている場所だけあって、彼女の怪我はことのほかひどかった。

慎重に彼女の傷を癒すと、荒かった呼吸が落ち着き苦しみに歪んでいた表情がほどけていった。

やっと傷が癒えて私が一息ついたのと、彼女がうっすらと目を開けたのは殆ど同時だった。

「あれ？　私死んじゃったのかな……友達が見えるよ」

やけに幼い口調で、フレデリカが呟いた。

私は彼女を驚かせないよう、その目を掌で覆った。今は再会を喜んでいる場合ではない。

「今はゆっくり眠ってください。目が覚めたら……またお話ししましょうね」

しばらくそうしていると、フレデリカはやがて安らかな寝息を立て始めた。

私は初めて、ここにきた自分の決断を褒めた。もしここに居合わせなかったら、もう二度とフレデリカに会えなくなっていたかもしれない。

「どうしてここにきた！」

その時、背後で悲鳴じみた声が聞こえた。

振り返るとそこには、走ってきたのか息を乱したクルトが立っていた。

🐾 🐾 🐾

つかつかと、クルトがこちらに歩み寄ってくる。

「クルトさん……」

そして立ち尽くす私の手を掴むと、言った。

「帰るんだ。今すぐに」

「帰るって、どこへですか？」

王都に戻っても、クルトはいない。ぐるぐるとつまらないことを考えて、クルトとフレデリカを心配する自分に戻るだけだ。

そんな自分は、もう嫌なのだ。

安全な場所で悩んでいるだけでは、何も変わらない。

どうせ自分はかつての聖女の身代わりだろうと、クルトたちを恨むだけの最低な人間になってしまう。

そんな風に思うのはもう嫌なのだ。

大切な人たちだからこそ、恨みたくも憎みたくもない。

「私は自分だけ安全な場所になんていたくない！　私にできることがあるのなら、それを果たしたいんです！」

　こんな風に大声を出したことが、今まであっただろうか。

　目の前のクルトも、そこにいるカレンやゴンザレスも、忙しそうにしていた衛生兵まで驚いた顔をしている。

　そうだ、ここは野戦病院なのだった。

　怪我人たちを放って、騒いでいる場合ではない。

　そう言おうとしたその時。

『よく来たな。聖女よ』

　それは地獄の底から響いてくるような声だった。

　その声に呼応するように、私の鼓動がバクバクと激しくなり始めた。息が荒くなり、その場に立っていられなくなる。

　頭の中に、以前見た夢の映像が何度もフラッシュバックした。

　血塗られた地面。散り散りになった人間の部分。

「ああ……ああああ」

「おい、大丈夫か。落ち着くんだ」

　クルトが私の肩に手を置く。

でも私は、恐ろしさのあまりその手を振り払ってしまった。

その時の悲しそうなクルトの顔が、網膜に焼き付いた。


――そうだ私は、この光景を知っている。


まるで高熱を出した時のように体が震え、ひどい耳鳴りがした。カチカチと固い音がして、自分の歯が鳴っているのだと知った。

「こわい！　助けて！」

思わず悲鳴が口をついた。

怖くて怖くてたまらなかった。なにがそんなに怖いのか、その時の私はまだ分かっていなかった。

「大丈夫だ！」

そんな私の手を引き、クルトが私の体を抱きしめる。

強い強い腕の力に、痛みよりも安堵を覚えた。それでもまだ泣きそうな恐怖が、身の内で絶えず暴れ回っている。

「クルト……あなたは……」

自分の中の感情の奔流（ほんりゅう）を、どうにか言葉にしようとした。同時に、忘れていた記憶が呼び覚まされる。

「私はあなたに、言いたいことが――……」

その言葉は、彼に届く前に途切れてしまった。

同時にクルトの姿も周りにあった何もかも、私の前から掻き消えた。

🐾 🐾 🐾

次に目の前に飛び込んできたのは、暗闇の中で笑う恐ろしい生き物だった。

異常に細い体と長い手足。見上げるような灰色の巨躯に背中を丸め、ぎょろりとした目は濁っている。

夢に出てきたその化け物の名を、私は知っていた。

「ボルボロス……」

それはかつて、私が命を失う原因となった生き物だった。


そうだ、私は――サクラだった。


ある日突然、異世界からこの世界へとやってきた。

私を召喚したのは人間たちだ。当時はミミル聖教なんて宗教はなかったけれど、力の強い神官たちが私を召喚したと言っていた。

私はこの世界に来て、癒しの力が使えるようになっていた。

クルトの言葉を借りるとすれば、魔力が強かったと言うことなのだろう。

両親とも友達とも切り離され、突然連れてこられた異世界。

私を呼び出した人間たちは、優しくはしてくれたが同時にたくさんのものを私に求めてきた。

人々の怪我や病を癒すこと。魔族が住む場所に渦巻く濃厚な魔素を払うこと――人はそれを、穢れと呼んだ。

魔力の高い人間は問題ないのだが、微小な魔力しか持たない普通の人間は、強い魔力に満ちた空間ではまともに活動できなくなってしまうからだ。

そのために、私が呼ばれた。

銀狼国のある魔大陸の魔素を払い、人間たちは銀狼国に攻め込もうとしていたのだ。

その理由は、魔族を使役したいとか、魔大陸にある豊富な資源を活用したいとか、さまざまだった。

つまり欲のために、人間は自ら魔物に戦争を仕掛けようとしていたのだ。

私は吐き気がした。

神殿で教え込まれた聖女の伝説も、全ては人間に都合がいいように歪められたものだ。

そして魔素を払うために連れてこられた魔大陸で、私はクルトたちに出会った。

どうして忘れていたのだろう。

だからあんなにも、初めて出会ったクルトを懐かしいと感じたのだ。カレンやゴンザレスを慕わしいと思えたのだ。

一度は敵対した私たちだったが、クルトたちは私を倒すのではなく、人間たちの手から保護し、色々なことを教えてくれた。

魔族が一方的に悪いわけではないこと。凶暴な種族もいるが、そうではない種族も多くいること。空気中を漂う魔素を私が払ってしまうと、人間たちが大挙して攻め込んでくるので困るということ。

最初は同じ姿形をしているというだけで人間を信じ、クルトたちを警戒していた私だったが、彼らの優しさに触れるにつれ少しずつ心を開いていった。

クルトたちとの旅は、楽しかった。

今までのように、何かを強制されたりしない。危ない場所に無理矢理連れていかれることもない。見たこともないような景色。見たこともないような種族や風習。

かつての私は、自ら望んでクルトたちと旅していたのだ。それも、今ならば分かる。

そして、私にとってはつい昨日のことのようだけれど、二百年前に私はここで命を落とした。薄暗いこの洞窟で、ボルボロスを封じたのだ。

今ならば、その方法もありありと思い出せる。

私は立ち上がると、目の前のボルボロスを見据えた。

骨の山でできた玉座の左右には、たくさんのグールが控えている。

「聖女よ。まさかお前がそうだったとはな。忌まわしい銀狼王が生贄の女を奪い取りに来た時には、まさかお前とは気づかなかった」

ボルボロスは愉快そうに笑った。

あの悪夢の正体。

グインデルによってアルゴル領へと送られた私は、狼の姿となったクルトに助けられたのだ。

そのことも、思い出した。たくさんの死体と、グールたちの笑い声。

最低最悪の光景だった。私より先に送られた人の中には、子供だっていたのに。

私の中に、忘れかけていた怒りがふつふつと湧き上がっていた。前世の分も含めて、目の前のボルボロスには怒りしかない。

「私もあなたがボルボロスとは気づきませんでした。全部忘れてましたので」

「つれないことを言う。私はずっとお前を覚えていたぞ。憎くて憎くてたまらなかった！」

そう言うと、手下のグールの内の一人が松明に火をつけた。

グールは光を嫌うので、その松明は私のために用意されたものだろう。

照らし出された洞窟の中の光景に、私はそう判断を下した。

「見てみろ。この首に見覚えがあるだろう？　お前を裏切った俗物よ。俺が殺してやったぞ」

グインデルの首を手に、ボルボロスがケタケタと笑う。

人を食する彼らがわざわざこの首を残していたということは、最初から私に見せつける気だったに違いない。

グインデル。

欲に囚われ、飲み込まれてしまった人。

優しくしてもらったことも確かにあった。

一体いつから魅入られていたのかと、考えても無駄なのだろう。

彼がしたことは許されることではないけれど、せめて世話になった分だけは彼に哀悼の意を表した。

そしてもうひとつ、目についたものがあった。

それはまさしく私をこの地へと追いやった黒門であった。神殿にあったものと全く同じである。

「ああ、これが気になるのか。お前にならば特別に教えてやろう。我らはこの門を使ってここから逃げのびるつもりだ。この門の先がどこに繋がっているのか、お前が誰よりもよく知っているはずだな?」

思いもよらぬ言葉に、グインデルの死よりも動揺してしまう自分がいた。

私の脳裏には、神殿の地下室から無数のグールが溢れ出す光景が広がった。

神殿があるのは多くの人間が暮らすユーセウス聖教国の王都だ。そして長年魔族から遠のいていた人間には、グールに対して抗う術がない。

どうなるかなんて、考えるまでもない。故郷で繰り広げられるであろう惨劇を想像し、私は強く手を握った。

いい思い出のない場所だが、だからと言って無関係な人々が傷ついてもいいとは思わない。

なにより、これ以上ボルボロスによって犠牲者を出してはいけない。

「それをわざわざ教えてくださるなんて。随分と親切ですね」

私が言うと、ボルボロスは私を見下したように鼻を鳴らした。

「ああ。どうせお前はここで死ぬ。今度こそ目障りなお前を殺して俺は俺の国を作るのだ」

ボルボロスの哄笑に、他のグールたちが追従する。洞窟の中に木霊する笑い声。

周囲を敵に囲まれたこの状況で、私は恐ろしさと同時にある感情を覚えていた。

「……哀れなグール」

私の呟きに、ボルボロスは笑うのをやめた。

「何を言い出す？　人の聖女よ」

「あなたが哀れだと言ったんです。知性を得て、何を得ましたか？　人を襲うことでその飢えは満たされましたか？　王となれば、本当にあなたは満たされるのですか？」

私にとってボルボロスは、憎い相手というよりもどちらかというと哀れな生き物であった。

グールという種族は人間はおろか、他の種族とも相容れない。

そんな中でボルボロスだけが知性を持ちえた。

その不幸が分かるだろうか。

そこに待っているのは、とてつもない孤独だ。

命令は聞くが言葉の通じない仲間。自分とは相容れない他の種族。誰とも分かち合うことのできない価値観。

かつて彼を封じた際に、私の中にその孤独が流れ込んできた。死の間際に私が感じていたのは、クルトとの別れの悲しみとボルボロスへの憐れみであった。

そして自覚があるからこそ、ボルボロスは激昂した。

「何を言い出す！　お前など今ここで哀れに死ぬだけの運命だというのにっ。いいか？　お前はまた死ぬのだ。暗くじめじめとしたこの洞窟で、もう一度みじめに死ぬがいい！」

耳が壊れそうなほどの雄叫(おたけ)びが、洞窟の中に響き渡った。

思わず耳をふさぐ。他のグールたちもまた、ボルボロスの剣幕に怯え肩を竦ませていた。

ボルボロスが立ち上がり、こちらに向かって歩いてくる。それと同時に、私は体から癒しの力を放出した。

サラの時は分からなかったが、こうして普段癒しに使っている力を全方向に放出することで、魔素の濃い場を浄化することができる。

魔素は魔物が活動する上で必要不可欠なものだ。

今までにない強い力を放出することによって、洞窟の中は光で満たされた。

クルトのような太陽の下で活動可能な魔族に対しては効果がないが、グールのように闇を好む種族に関しては効果覿面(てきめん)である。

たちまち周囲のグールは苦しみだし、バタバタと地面に倒れ始める。

それでもボルボロスだけは、顔を怒りに染めながらゆっくりとこちらに近づいてきていた。流石に特異体だけあって、手強い。

私は更に強く力を放出する。

結果としてボルボロスの足の歩みは遅くなったが、それでも留まることはない。一歩一歩と苦しみながら、こちらに近づいてくる。

そして私も、こめかみに脂汗を流しボルボロスをまっすぐに見据えた。

先ほど怪我人たちの治癒を行ったので、力が万全の状態とは言えない。普段は無限にも思える力だが、クルトを癒した時のようにこの力には限りがあるのだ。

そのまましばらく、ボルボロスとのにらみ合いが続いた。

私もボルボロスも、苦痛を感じているのは間違いない。耐えかねて咳き込むと、喉の奥から出てきたのは血の混じった痰(たん)だった。

体中から力が抜け、立っていることすらも辛くなってくる。

それでもここで諦めたら、たくさんの人が死ぬ。クルトたちもただでは済まない。

今度こそ、ボルボロスを倒すのだ。

私の中の時間は、きっかり二百年前に遡っていた。

突然訪れた大切な人たちとの別れ。

それでもクルトたちを護れるならと、自分を犠牲にしたことに後悔などなかった。

「ふふ……」

私は思わず、笑ってしまった。追い詰められると人は、思わず笑ってしまうものかもしれない。

「なにが……おかしい……」

重圧に耐えるようにしながら、喘ぐようにボルボロスが言う。

それにこたえるのは難儀だった。

元の世界にいた頃、私はただの甘えた小娘だった。毎日学校に行って、友達とおしゃべりして、小さなことで不満を言ったりしていた。

そんな私の小さな世界は、突然この世界に連れてこられたことで吹き飛んだ。

もう二度と親には会えないのだと思うと、いくら泣いても足りないほどに泣いた。

神官たちが召喚さえしなければと、かつてのユーセウスの人たちを恨んだこともある。

そんな私が一度ならず二度までも、命を賭してこの世界の人を守ろうとしている。そう考えると、なんだか無性におかしかった。

でも――クルトに出会えたことを後悔することなんて絶対にない。

それを彼に直接伝えられないのは残念だけれど。

もう、声を出すことすら億劫だ。

「最後に見るのが、またあなたの顔だなんてね」

そう言うと、ボルボロスが大儀そうに舌打ちをした。

「どうしてそうまでして人に尽くす。人に裏切られ、利用され、そして最後には人のために死ぬのか」

理解できない。ボルボロスはそう言いたげだった。

いいのだ。誰かに理解されたいとは思わない。

確かに裏切りを知った時は絶望した。己の人生が無為に思えた。

それでも、私は聖女として生まれてきたことを後悔しない。痛くて、辛くて、苦しくても、それは普通の人とて同じこと。

たとえ聖女じゃなかったとしても、裏切られることはあっただろう。

重要なのは、聖女か否かではない。

私にとっては、自分の思い通りに生きられるかどうか、が重要なのだ。

だが、そんなことを説明してやる義理はない。というか、正直なところ言葉を喋る余裕すらない。

震える手を胸元にやって、クルトからもらった羽根飾りのついたペンダントを握った。

これを握っていると、勇気が出る気がした。体の底から力が湧いてくるような。

「最高よ！　自分の思い通りに死ねるんだから」

やけくそで、私は叫んでやった。

口からぽたぽたと血が流れてくる。視界も暗くなってきたようだ。

ボルボロスは、最後の力を振り絞ってこちらに近づいてきた。彼も満身創痍であることが、暗くなった視界からでも見て取れる。

「こんなことで……私は……」

おそらく私にだけ聞こえた、絞り出すような言葉。

それがボルボロスの最後の言葉になった。

なぜなら。

「させぬ！」

私の後ろから飛び出してきた人影が、ばっさりとボルボロスの体を切り裂いていたからだ。

一瞬の出来事に、私の頭は処理が追い付かず、茫然としていた。

崩れ落ちたボルボロスの体を目にし、放出していた癒しの力を解いた。気が抜けて、地面に崩れ落ちる。

倒れこむ寸前、体を抱きかかえられた。

白銀の長い髪を靡かせて、クルトがそこにいた。頭には三角の耳が生え、口からは牙が覗きふさふさの尻尾が興奮したように揺れている。

いつの間に穴をあけたのか、閉じられた洞窟の入り口から光がさしていた。

「サラ。頼むから一人で頑張らないでくれ」

強い怒りを宿していたクルトの瞳が、ゆるゆると潤みだした。

「もう……俺は」

ぽたぽたと、クルトの涙が落ちてきた。

まるで優しい雨だ。

「ごめんね……」

疲れ切って、私はそのまま目を閉じてしまった。

全力を絞り出したので、本当に限界だった。

意識が途切れる瞬間、クルトの雄叫びを聞いた気がする。

🐾 🐾 🐾

白いカーテンが揺れている。

昼間寝ている時にまぶしかろうと、カレンが新たに付けてくれたものだ。

「それでね、クルトなんて泣いて泣いて大変だったんだから！」

ベッドで上体を起こしながら、私はカレンの話を聞いていた。

「普段は冷静なあの男がね～」

アルゴル領から戻ってきて、もう十日ほど経った。

本当なら床上げをしてもいいと医者に言われているのだが、しっかり休まないとだめだと皆に言われ、未だベッドでの生活を続けている。

まるで最初にこの部屋に来た時みたいだ。

あの時も、クルトがなかなか許さないから床上げに二週間もかかった。

けらけらと笑うカレンは、私が気を失った後クルトがどれほど取り乱したのかという話をしていた。居合わせた人々は私が死んだと思い、大変な騒ぎだったらしい。

私自身、自分が生き残れるかどうかは半々だと思っていた。というか、死にたくないと力を出し惜しみしていたら、きっとボルボロスによって殺されていただろう。

本当にぎりぎりのところだったのだ。

コンコンとノックの音がして、部屋にゴンザレスが入ってきた。

彼は片手にトレイを乗せていて、その上には水差しとカップの替えが置かれている。

「そのくらいにしておいてやれ。外まで話の内容がだだ漏れだぞ」

苦笑する彼の後ろに、なんとも気まずそうなクルトの姿があった。

彼が来ていると知らなかった私は、大いに驚かされた。一方で、カレンは私だけに見えるように悪戯っぽい笑みを浮かべている。

きっとクルトの話をしていたのはわざとだ。

自分の国の王様にこんなことができるのは、カレンくらいだろうなと思う。

「ありがとうダーリン。それじゃあ私たちは二人で仲良く武器の手入れでもしましょうか」

そう言って、カレンは来たばかりのゴンザレスを連れて部屋を出て行ってしまった。

あっという間に、二人きりで取り残される。

気づいたらいつの間にかツーリに戻っていたので、クルトと会うのはアルゴル領で見たのが最後ということになる。

先ほどカレンが話していた内容のせいか、クルトはなかなか口を開かなかった。

「ええと……来てくださってありがとうございます」

私も何から話すべきか迷って、まずはお見舞いに来てくれた礼をすることにした。

「いや。もっと早くに来られたらよかったんだが」

「お忙しいのは知っていますし、大丈夫です」

多分クルト以上に、私の方が戸惑っている。

なぜかと言うと、私はサクラだった時の記憶を取り戻してしまったからだ。

その頃クルトとははっきり恋人同士だったわけではないけれど、私は彼に好意を持っていた。

それこそ、恋人同士が交換する羽根飾りを、健康のお守りだと言って交換する程度には。

そんなものが後世に絵として残されているなんて、今考えると恥ずかしすぎる。できることならあの絵は外してくれと、責任者に文句を言いたい。

それにしても、私は意外に一途だったらしい。

なにせ記憶がない状態でもずっとクルトのことが気になっていたし、出会った当初から無条件に信頼していたのだから。

サラとして出会った時、狼姿の彼を無意識に治療していたのもそのためだろう。

けれど、このことをクルトたちに話すべきなのか考えると、どうしても躊躇(ちゅうちょ)してしまうのだ。

今の私はサラで、物心がついた時からずっとサラとして生きてきた。サクラとしての記憶が蘇ったとはいえ、サクラの人格になったとはどうしても言えない。

しばらくお互いに黙り込んでいると、耐え切れなくなったのかクルトが口を開いた。

「ああ、ダメだな。何を話していいか分からないんだ」

「私も……同じ気持ちです」

おそらく理由は違うだろうが、何を話していいか分からないのは本当だ。

「あの後どうなったか説明しないとな。カレンたちには聞いたか？」

「ええと、おおよそですが。ボルボロスが死んで、グールも壊滅状態になったんですよね？」

ボルボロスは、クルトの最後の一撃によって倒れた。

洞窟の中は私の能力によって極端に魔素が薄くなっていたので、そんな中でも強烈な一撃を与えたクルトはさすがだと思う。

「ああ。それであの洞窟にあった黒い門についてなんだが……」

私ははっとした。

銀狼国とユーセウス聖教国を繋ぐ黒門は、あってはいけないものだ。

人間と魔族は、お互いに距離を取っているからこそ平和に暮らしていられる。どんなに便利なものであろうと、あの門を残しておくべきじゃない。

「どうなりましたか？」

「ボルボロスが持っていたものだからな。その場で粉々に壊させた。心配しなくていい」

クルトが優しい口調で言った。

そう言えばこちらに来た時に助けてくれたのも彼なのだから、クルトは黒門の機能について察しがついているはずだ。

銀狼国の王として、黒門の扱いは難しいだろう。

ボルボロスはあの門によって、こちらから自由にユーセウス聖教国に行けるようになったと言っていた。

もしクルトにその気があれば、いくらでもユーセウス聖教国に攻め込み占領することができるようになったということだ。

こんなふうに考えるのは悪いことかもしれないが、世界が全て綺麗事でできているわけではない。

実際、二百年前に人間は私を使って銀狼国に攻め込もうとしていた。

今になってその逆をされても、誰が文句を言えるというのか。

それでもクルトはあの門を壊すという判断をしたのだから、人間をどうこうしようというつもりはないのだろう。

グインデルが死に、今頃あちらは大混乱に陥っているはず。

長年続いてきたミミル聖教の権勢が揺らぎかねない。

無理矢理聖女として働かされたサクラとしての記憶を持つ私は、嘘に塗り固められたミミル聖教に対して思うところが大いにある。

正直なところ、あんな宗教なくなってしまえと思わなくもない。

だが、サラとしての記憶がそれを否定する。

信徒の中には、ミミル聖教の教えを心の支えとしている人が多くいた。

教え自体は悪ではないのだ。悪いのは、それを悪用して他人から搾取(さくしゅ)する権力者の方だ。

「あと、グランもお前に感謝していた」

私が考えに耽っていると、ふと思い出したようにクルトが言った。

そういえば、私はグランの手紙をもらったことがきっかけで、クルトの指示を無視して危険だと言われたアルゴル領に向かったのだった。

つまりクルトとグランの意見は食い違っていたということで、グランが処分されていないかどうか気になった。

　それが顔に出ていたのか、クルトはため息をつきながら話を続けた。

「あいつなら心配ない。命令違反で蟄居を申し渡したが、ひと月ほどだ。今頃孫と一緒に休暇でも楽しんでいるだろうさ。国のためを思っての行動だと、俺も分かっているからな」

　そう言いながら、クルトは渋い顔をしていた。

「よかったです。セシルくんや護衛の方々にも、本当によく助けていただいて……」

　私が旅に同行してくれた彼らのことを褒めると、クルトはなんだかおもしろくなさそうな顔をした。

「カレンとゴンザレスがいれば、他の護衛なんて……」

「ですが、セシルくんが言ってくれたおかげで野戦病院にはいれたんですよ？　おかげで大切な友達を失わずに済みました」

　フレデリカはしばらく実家であるハーピーの里で休養して、こちらに戻ったら門番として再就職できるそうだ。

　彼女のことも、アルゴル領に行ってよかったと思う理由の一つである。

「それはそうだが」

　そう言いつつ、やはり納得できない思いがあるらしい。

「悪いのは同行をお願いした私です」

彼らに類が及んでは申し訳ないので、はっきりと断言しておく。

それにしても、ここまで歯切れの悪いクルトも珍しい気がする。

彼は布団の上に置かれた私の手の上に己の手を重ねると、じっと私の顔を見つめた。

その目があまりにも真剣なので、恥ずかしくなってしまう。そんなに見つめられたら穴が開いてしまいそうだ。

「気づいていないかもしれないが、俺はお前を好いている」

「え？」

突然の告白に、私は驚いて何も言えなくなった。

最初は茫然としていたが、後からじわじわと恥ずかしくなって、顔が熱くなる。

羽根飾りの交換すら、健康のためと断言していたクルトだ。

正直なところ、彼には恋愛感情という感情そのものが欠落しているのだと思っていた。サクラであった頃も含めて、彼が恋愛関係の言葉を口にしたのはこれが初めてだ。

いや、好きというのは友人とか妹に対しての好きということかもしれない。

恋愛ではなく人間的な好きという意味だという方が、まだ納得がいく。

「え、ええとそれは友人という意味で……」

「違う。サラの傍にいたい。口づけをかわしたいという意味だ」

好きな人に真顔でそんなことを言われたら、冷静でいられる人間なんていないと思う。

それも真っすぐに目を見つめられながらだなんて。

「お前が死ぬかもしれないと思った時、俺は堪らなく恐ろしかった。そして、もうサクラの時のような——以前の聖女が死んだ時のような後悔は、したくないと思った」

クルトの口からサクラの名前が出るのは、これが初めてかもしれない。

私が死んだあと、クルトはそんなにつらい思いをしていたのかと思うと、胸が苦しくなった。

「うまく説明するのは難しいな。ただ、真剣な気持ちだということは理解してほしい」

クルトの言葉に私はゆっくりと頷いた。

そして、胸元に下げているペンダントを取り出す。ボルボロスとの戦いの時に壊してしまったのか、羽根飾りについていた宝石ははじけてどこかへ行ってしまった。

私の手元に残ったのは、クルトの目の色をした羽根飾りだけだ。

それでも変わらず、毎日こうして首から下げて過ごしている。

「この羽根飾りの事、覚えてますか？」

突然何を言い出すのかと、クルトが怪訝(けげん)そうな顔をした。

「ああ、覚えているが……」

「この羽根飾りが健康のおまじないだって言ったの、サクラさんですよね？」

クルトが驚愕に目を見開いた。どうしてそれを知っているのかと、その顔が言っている。

「でも本当は、好きな者同士が羽根飾りを交換すると永遠に結ばれるっていう言い伝えなんです。

私の羽根飾りが、返事だと思ってください」

クルトは慌てて、ポケットから空色の羽根飾りを取り出した。

持っていてくれたのだと思うと、心がじんわりと温かくなった。

「待ってくれ。どうしてサクラが言ったと……」

不思議そうにしているクルトには答えず、私は身を乗り出した。

ベッドの上で身を起こしている状態でも、この距離ならば簡単に届く。

私は茫然としているクルトの隙をついて、その形のいい唇にキスをした。

今回は頑張ったのだから、これくらいしても許されると思う。

「な！」

クルトが驚いて立ち上がる。そんな彼を見上げて、私は笑った。

いつも驚かされてばかりだから、こうして逆に驚かすのは楽しい。

そして悪戯ついでに、私はサクラの記憶についてもうしばらく黙っていることにした。

全てを話すことが正解とは思えなかったからだ。

私がサクラの身代わりかもしれないと悩んだように、きっとクルトも二人の聖女という存在に驚き、困惑したことだろう。

それでも彼は今、正直にサクラのことを話してくれた。

今はそれだけでいいのだ。

いつか私がおばあちゃんになったら、クルトにこの記憶の話をする時が来るかもしれない。

私は人間で、きっと彼の半分も生きられないけれど、何度でも会いに来るよとその時に伝えたいと思った。

黒門からこちらに飛ばされた日、私は自分の運命を呪った。

母を失った日、何もかも失ったのだと思っていた。

けれど違ったのだ。

私のことを、待っていてくれる人がいた。覚えていてくれた人がいた。

私は笑う。クルトも困ったように微笑んでいた。

これから先もずっと、彼の傍にいたいと思った。

エピローグ

ボルボロス討伐から、一年が経った。

結局私は今も、カレンの食堂を手伝っている。

クルトとの話し合いの末、私が聖女であることは隠しておくことになった。

人間と違い、魔族を癒すのには多くの魔力を使う。ユーセウス聖教国でしていたように、やってくる患者を片っ端(ぱし)から癒すようなことはできない。

それでは、あの人は癒した、あの人は癒していないというような不公平が生まれる。

実際ミミル聖教会も、お金でその線引きをしていたようだ。

クルトはそれで私が使い潰されるのを嫌がったし、私も以前とは違い、人を癒すということに疑問を感じ始めていた。

確かに人を癒すという能力は素晴らしいものだ。

癒えた患者の喜ぶ顔や、その家族の喜びを思えば一見素晴らしいことのように思える。

けれどその裏では、あの旅人のように治療を断られたことを不満に思う人がいた。彼は聖女を憎んでいた。

伝説はいいことしか語らないけれど、それは前世でもあったことだ。

癒しの力をめぐって、諍いが起きた。その諍いによって多くの人が傷ついた。

だから私はもう、ミミル聖教会にいた頃のような聖女に戻るつもりはない。もっとじっくりとよく考えて、この能力と付き合っていきたいと思っている。

それでもあの野戦病院で力を発揮したことで、たとえばフレデリカにはこの能力がバレてしまった。

彼女は驚いていたけれど、だからといって私に対する態度が変わることはなかった。

傷が癒えてツーリに戻った彼女は、今も毎日楽しそうに門番の仕事に勤しんでいる。

「今度の休みに、また遊びに行こう！」

今日も仕事帰りに、フレデリカがやってきた。

私は注文を聞いて、彼女に料理を運ぶ。

彼女がやってくる時間は、まだ夜が深くなる前なので客の数もそれほど多くはない。

「いいですね。今度はどこに行きますか？」

「そうだな～。おいしい虫がたくさん食べられる場所があるんだけど、流石にサラは興味ないよね？」

「そ、そうですね……」

仲がいいのは本当だが、食性の違いばかりはどうしようもない。

カレンの食堂では虫料理も扱っているので見るのは平気だけれども、自分が食べるとなるとやっぱり抵抗がある。

カレンによると、毒がない限り人間が食べても大丈夫だそうだが。

どこに出かけるのがいいだろうかと悩んでいると、小さな足音が入り口から聞こえてきた。

「こんにちは～」

やってきたのはセシルだった。

意外なことに、彼はあの危険な旅のあとたびたびこの食堂を訪れるようになった。彼の後ろにいる護衛の人に黙礼され、私も苦笑しつつお辞儀を返す。

「ねえねえ、なんの話してたの⁉」

セシルは私を見つけると、早速駆け寄ってきた。

こうしてたびたび市井（しせい）にやってくるのは、壊滅的な金銭感覚を実地で矯正するためだそうな。

魔公爵の孫ならばもっと別の場所で金銭感覚を学んだほうがいい気がするが、セシル的には顔馴染みのいるこの店がいいらしい。

「フレデリカと一緒に、今度どこに出かけるか話していたんですよ」

別に隠し立てするようなことではないので、私は正直に答えた。

するとセシルは目を輝かせて、私の着ているエプロンに飛びついてきた。

「サラが行くなら僕も行くよ！」

突然の申し出に、私は驚いてしまった。

思わずフレデリカと顔を見合わせる。

「ええと、そんなすごい場所に行くわけじゃないですよ。まだ決まってないですけど、おそらく市場とか、城壁の外の原っぱとか……」

これまでフレデリカと一緒に出かけたことのある場所を、私は指折り数えてみた。

セシルには退屈だろうと思ったのだが、意外にもその目の輝きは失われていない。

「サラが一緒ならどこだっていいよ！」

そう言って聞かないのだ。

私はそっと気配を殺しているセシルの護衛に目をやった。職務に忠実なのかいつも無表情を保っているのだが、今はどこか困っているように見えるのは気のせいだろうか。

一緒に旅をしてセシルがわがままなだけの男の子ではないと知っているけれど、やっぱりまだまだ周りを困らせたいお年頃なのかもしれない。

「私は構わないよ？　一人二人増えたって」

フレデリカがあっけらかんと言う。

彼女は人懐っこい性格なので、遊びに行く人数は多ければ多いほどいいというタイプだ。

私も別に、セシルのことが嫌いなわけではない。

果たしてグランが許すのかという懸念はあるが、問題がないのであれば一緒に出かけるのは構わない。

「そうですね。それじゃあセシルさんのお祖父様から許可をもらってきてくださいね。無事許可が降りたら、一緒にお出かけしましょう」

宥めすかすように言うと、セシルは不満そうに頬を膨らませた。

「えー、別に許可なんていらないよ！」

案の定セシルが不満そうにするので、私はしゃがんで彼と視線を合わせた。

「だめですよ。大切なお祖父様に心配をかけちゃ」

「サラがそう言うなら仕方ないな～」

最近、こうして視線を合わせるとセシルが素直に言うことを聞くということに気がついた。

男の子だから、見下ろされるのが嫌なのだろうか。ともあれ、簡単に納得してくれるのですごく楽だ。

「でも、許可が出たら絶対連れて行ってよ？　絶対絶対約束だよ？」

「はい。許可が出たら一緒に行きましょうね」

そう言うと、セシルは満面の笑顔になり私の頬にキスしてきた。

子供だと思っていたのに、随分とませている。

「いい気になるなよガキンチョ……」

そこに、聞き覚えのある地響きのごとき声。

振り返ると、やっぱりそこにクルトがいた。

こうしてクルトが突然現れるのも、ちょっと慣れてきている今日この頃だ。

前世の記憶を取り戻した私は、魔族の使う魔法についても多少の知識があることに気がついた。

そして同時に、自分の体からクルトの魔法の痕跡を感じたのだ。

それは、言葉を選ばずに言うならば監視の魔法だった。魔法をかけた相手に指定した出来事が起こると、術者が感知できる仕組みだ。

今までの状況から鑑みると、おそらくその条件というのは『異性との接触』ではないかと思う。

最初に酔っ払いに絡まれた時もそうだったし、セシルと初めて会った時もそうだ。

『被対象者が危険を感じた場合』という条件だったら、クルトが今現れるのはおかしい。私は危険なんて微塵も感じていなかったのだから。

勿論、クルトは私にこのことを隠している。

私も前世がサクラなので魔法のことが分かるということを黙っているので、お互い様だろう。

そんなことを考えていたら、目の前からセシルの顔が消えていた。

見ると、クルトがまるで猫の子にするようにセシルの首根っこを掴んで持ち上げている。

「放せよ！　放せってば」

痛そうには見えないので、クルトが掴んでいるのは襟なのだろう。

それでも、セシルはどうにか逃れようともがいている。

ちなみにセシルの護衛はといえば、相手がクルトなので助け出すこともできずオロオロしていた。

私は彼を不憫に思い、この騒ぎがひと段落したらお茶でも差し入れようと決めた。

「クルトさん。放してあげてください」

いくら襟を掴んでいるとはいえ、今のように激しく暴れていたら首が痛むだろう。

私がそう言うと、クルトは不服そうにしながらもセシルを床に下ろした。

「……サラも少し無防備すぎるんじゃないか？」

今日の銀狼王は、思った以上にご機嫌斜めのようだ。

普段であれば、こんなふうに行動を咎められるようなことはほとんどない。

つまりそれほど、セシルが私の頬にキスをしたのが許し難いと言うことだ。

その言葉を聞いて、私は不謹慎にも少し口角が上がってしまった。

だって、好きな人がヤキモチを焼いてくれているのだ。そんなの嬉しいに決まっている。

「どうして笑っている？」

私の様子に気づいたのだろう。クルトが少し怒った声で言った。

これ以上彼の機嫌を損ねたくないと思うのに、こんなにもすごい人がこんなことで不機嫌になっているのだと思うと、嬉しさが沸き上がってきてなかなか表情を取り繕うことができなかった。

「なんだよ。二人して僕を仲間外れにするなよ！」

不満そうにセシルが叫ぶ。

「はいはい。あんたたちその辺にしなよ」

そこにカレンが割って入ってきた。

「サラもおしゃべりに夢中になってないで。料理が冷めちゃう」

「すぐやります！」

カレンに言われて、私は慌てて仕事に戻った。いつの間にかやるべき仕事が溜まっている。

🐾　🐾　🐾

「銀狼王ともあろうものが、なーに子供相手に必死になってるんだか」

仕事に戻るサラの背中に目をやりながら、カレンが呆れ声で言う。それは明らかにクルトに向けられたものだ。

昔の仲間からのお小言に、クルトは首をすくめた。

一方で、サラの背中を残念そうに見ていたセシルも黙っていない。

「ちょっとおばさん！　誰が子供だよ！」

「おばっ、おばさん⁉」

動揺してカレンが叫ぶ。

見た目が若々しいカレンにそんなことを言う者はいないので、彼女にとっては青天の霹靂(へきれき)に近い出来事だった。

「あんたねえ！　下町のことを勉強に来てるならもっとしおらしさも身につけなさい！　ったく可愛げのない」

まなじりを吊り上げるカレンだが、セシルは一切怯まない。

「可愛げなんかいらないよ。僕はかっこいい男になるんだ。思わずサラが惚れちゃうような」

セシルの言葉に、反応したのはクルトだった。

「サラがお前に惚れることはない。未来永劫絶対にだ！」

大人気なく断言するクルトだが、今度はカレンも彼を諫めたりしなかった。

「なんでだよ！　そんなの分かんないだろ。おじさん」

クルトは黙り込んだ。

その表情は怒りを超えて無表情である。

まるで彼自身が冷気を発しているのではないかと思えるほど、その場の空気が冷え込んだ。

しばらくして持ち直したのか、クルトが鼻を鳴らす。

「ふん。俺はサラの方からキスしてもらったんだぞ。しゃがんでもらってるお前と違ってな」

「嘘だ！」

あまりにも、あまりにも低レベルな戦いだ。

きっとこの場にグランがいたら、頼むからやめてくれと懇願したかもしれない。

そしてそんな戦いに終止符を打ったのは、クルトでもセシルでも、もちろんサラ本人でもなかった。

「でもでも、一番仲良くしてるのは私だよ！」

それは全く邪気のない、フレデリカの声だった。

彼女は芋虫のソテーを突きつつ、満面の笑顔で言った。

「そうだ。今度はサラをとっておきのお花畑に連れて行こう！　決めた！」

思い立ったら即行動とばかりに、椅子から立ち上がったフレデリカはサラの方へかけて行く。

「なんだ、仲の良い友人と言う意味か……」

安堵したように、クルトが呟く。

だがそんなクルトに対して、カレンは不穏な一言を放った。

「でも確か、ハーピーって雌しかいないんじゃなかった？」

三人は、慌てて顔を見合わせた。

目の前では、フレデリカが大きな羽根でもってサラに抱きついている。

困った顔をしながらも、サラは笑っていた。彼女には珍しい打ち解けた笑顔だ。

あまりにも意外なダークホースの登場に、クルトもセシルも言葉を失っていた。

「しまった。感知条件を異性に絞っていたから、完全に盲点だった。今からでも遅くない。条件を『全種族との接触』に差し替えて……」

「ちょっと。そんなことされたら誰もサラに近づけなくなっちまうだろ」

「近づけたくないからするんだ！」

カレンとクルトの口論を、セシルは冷めた目で見上げた。

「なんだよ。独り占めにするなんて子供っぽいぞ！」

セシルの口からでたあまりにも真っ当な正論に対して、反論できる者はその場に一人もいないのだった。

聖女は人間に絶望しました

〜追放された聖女は過保護な銀の王に愛される〜

聖女に嘘は通じない

著：日向夏（ひゅうがなつ）　イラスト：しんいし智歩（ちほ）

辺境の教会で神官見習いとして働くクロエは、持ち前の洞察力と記憶力を武器に、夜は酒場のカード賭博で荒稼ぎするという聖職者らしからぬ生活を送っていた。

ある日、クロエは教会を訪れた成金聖騎士エラルドからその能力を見込まれ、依頼を持ちかけられる。

「神子候補として大教会に潜入し、二年前の殺人事件の犯人を見つけてほしいのです」

多額の報酬に釣られてエラルドと契約したクロエは、二年前に大教会内部で起きた神子候補殺人事件の調査を進めるが、そこに隠されていた思惑と真相とは――。

『薬屋のひとりごと』の日向夏が送る、珠玉のファンタジー＆ミステリー、開幕！

リーフェの祝福
～無属性魔法しか使えない落ちこぼれとしてほっといてください～

著：クレハ　イラスト：祀花(まつりか)よう子

王国で古い歴史をもつオブライン伯爵家に生まれたユイ。彼女は無属性以外の魔法を使えない“リーフェ”という体質をもって生まれたことで、父から落ちこぼれとみなされて、母と一緒に家を追い出されることに……。

母の再婚後、成長したユイは幼い頃に出会った少年・エルと交わした約束を果たすため、魔法学園に入学する。エルのため、誰にも邪魔されずに魔法研究に没頭したいユイの思いとは裏腹に、学園生活は“リーフェ”ゆえにトラブル続き！　さらには、ユイの研究成果が王国の歴史を揺るがすことになって——!?

『復讐を誓った白猫』シリーズのクレハによる、目立たず平穏に暮らしたい落ちこぼれ少女の“トラブル続き”の異世界ファンタジー！

聖女は人間に絶望しました

～追放された聖女は過保護な銀の王に愛される～

＊本作は「小説家になろう」（https://syosetu.com/）に掲載されていた作品を、大幅に加筆修正したものとなります。
＊この作品はフィクションです。実在の人物・団体・事件・地名・名称等とは一切関係ありません。

2023年1月20日　第一刷発行

著者 ……………………………… 柏てん

イラスト ……………………………… 阿部野ちゃこ
発行者 ……………………………… 辻 政英
発行所 ……………………………… 株式会社フロンティアワークス
〒170-0013　東京都豊島区東池袋 3-22-17
東池袋セントラルプレイス 5F
営業　TEL 03-5957-1030　FAX 03-5957-1533
アリアンローズ公式サイト　https://arianrose.jp/
フォーマットデザイン ……………………………… ウエダデザイン室
装丁デザイン ……………………………… 株式会社 TRAP
印刷所 ……………………………… シナノ書籍印刷株式会社